# おっさんずラブ
Ossan's Love

## シナリオブック

脚本
徳尾浩司



一迅社

# 人物相関図

## 天空不動産
## 東京第二営業所

幼馴染

営業部員

33
春田《はるた》創一《そういち》
田中圭

「天空不動産」営業所の社員。33歳独身。なんだかモテない。ぬくぬく実家暮らしをしてきたが、母親に突如「自立しろ！」と出て行かれ途方に暮れる。家事が何ひとつできない、ぽんこつダメ男。本社から異動してきた後輩・牧の生活力に目をつけ、うっかり同居を提案。しかし突然上司の黒澤、さらには牧にも告白されて…。好みのタイプはロリ巨乳女子。幼馴染のちずが気になるが、いま一歩踏み出せずにいる。

Love はるたん♥

Love 春田さん！

営業部長

55
黒澤《くろさわ》武蔵《むさし》
吉田鋼太郎

「天空不動産」営業所の部長。皆に尊敬される“理想の上司”……だが、なんと突然春田に告白⁉　春田の隠し撮り写真を溜め込むことで自分の恋心を抑えてきたが、とうとう砦が崩壊。春田に猛烈アプローチを始める。熱すぎる想いゆえ、ついには“熟年離婚”を決意。妻にカミングアウトしようとするが…⁉　会社では厳格なキャラだが、春田の前ではつい“乙女ムサシ”が顔を出し、キャッキャしてしまう。

営業部員（元・本社勤務）

25
牧《まき》凌太《りょうた》
林遣都

「天空不動産」本社から営業所に異動してきた社員。入社4年目。高学歴エリートなイケメン後輩男子……だが、なんと突然春田に告白⁉　黒澤が春田にアプローチをしていると知り、つい激情のままに風呂場で春田にキスをしてしまう。性格は男らしく精神年齢も高め、察しが良く何でも我慢しがち。家事・料理なども万能。基本は敬語で気が利く丁寧な後輩風だが、意外と沸点は低めでドSな一面も。ちなみに巨根。

元恋人

## 黒澤家

黒澤蝶子《くろさわちょうこ》 50
### 大塚寧々
黒澤武蔵の妻。長年喧嘩をすることもなく、30年間武蔵と寄り添ってきた。だが、結婚30周年を迎えた直後、武蔵から熟年離婚を切り出され、愕然。原因は不倫だと推理し、夫の勤め先「天空不動産」を訪問。探りを入れた結果、夫が「はるたん」という名の“男”に恋をしていると知り……。彼女が選んだ道とは?

## 居酒屋「わんだほう」

店主

荒井鉄平《あらいてっぺい》 38
### 児嶋一哉
「居酒屋わんだほう」の店主。ちずの兄で、春田にとっても兄貴分。いつも居酒屋の新メニューを考案しているが、斬新すぎて全くヒットが生まれない。実は音楽の道を志しており、バンドを組んで夢を追い続けている。春田とちずの仲を応援しているが、たびたびお節介を焼き、ちずにウザがられている。

兄妹

春田の幼馴染

荒井《あらい》ちず 27
### 内田理央
「居酒屋わんだほう」の看板娘。春田とは年の差の幼馴染。独身で現在彼氏ナシ。飲み会でセクハラ相手に猛烈パンチをお見舞いし、会社を辞職。理想の結婚相手は、イケメンで家事全般をやってくれる執事。春田のことは「あんなダメ男ないわ～」とバッサリだったが、突如ライバルが出現。しかもそれが男だと知って……!?

夫婦

営業部員

瀬川舞香《せがわまいか》 45
### 伊藤修子
「天空不動産」営業所の社員。噂大好きで何かと事件にしたがる、おしゃべりおばちゃん。ときどき勘が鋭く、みんなの何歩も先を予測したような言動が光る。本人いわく、昔は職場の華だったらしいが、実際のところは謎。持ち前のトーク力で営業成績も抜群! 恋に悩む春田たちに思わぬ助言を与えることも。

営業部員

栗林歌麻呂《くりばやしうたまろ》 23
### 金子大地
「天空不動産」営業所のモンスター新入社員。通称“マロ”。人に仕事を押し付けては「働き方革命って知ってます?」とドヤ顔。春田が説教しようとすれば「パワハラだ……」と言い放つなど、何かとヤバい新人。ただし要領は良く、営業成績は春田より上。恋愛偏差値も高く、感覚もグローバルで、なんかモテる。

営業部主任

武川政宗《たけかわまさむね》 44
### 眞島秀和
「天空不動産」営業所の主任。近寄りがたい雰囲気を放つ、独身貴族。潔癖症。結婚に興味がないと豪語するが、私生活はどこか謎めいている。春田にとっては、厳しいけれど相談しやすい上司…と思っていたら、実は牧の元恋人! 牧が入社する前から交際していたが、生活のすれ違いで破局。今も牧を想い続けている。

## CONTENTS


#1 OPEN THE DOOR! ……5
#2 けんかをやめて ……61
#3 君の名は。 ……115
#4 第三の男 ……167
#5 Can you “Coming Out”? ……221
#6 息子さんを僕にください! ……277
#7 HAPPY HAPPY WEDDING!? ……331

脚本家による『おっさんずラブ』各話コメンタリー ……386
あとがき　徳尾浩司 ……391


★シナリオを読む際に★
「春田M」のように人物名の後ろに「M」が付いている場合、その台詞はその人物による「モノローグ(独白、心の声)」であることを表します。
人物名の後ろに「N」がつく台詞は、その人物による「ナレーション」です。

ドラマ制作メインスタッフ

脚本
徳尾 浩司

音楽
河野 伸

ゼネラルプロデューサー
三輪 祐見子(テレビ朝日)

プロデューサー
貴島 彩理(テレビ朝日)　神馬 由季(アズバーズ)　松野 千鶴子(アズバーズ)

演出
瑠東 東一郎　山本 大輔　Yuki Saito

制作著作
テレビ朝日

制作協力
アズバーズ

主題歌
スキマスイッチ「Revival」
(AUGUSTA RECORDS/UNIVERSAL MUSIC LLC)

# #1

OPEN THE DOOR!

## 1　天空不動産東京第二営業所・外観（日中）

春田の声「はい、天空不動産――」

## 2　同・営業部・中（日中）

社員たちが動き回り、活気のある職場。

春田、電話しながら資料を片手に歩いている。

春田「春田でございます。ルーブル新武蔵野の見学会ですね、ありがとうございます。次回のご予約でしたら――」

武川政宗(44)が春田とすれ違う。

武川「11時からアポの大島さん、駅についたそうだ。誰か迎えに行ってくれ！」

舞香「じゃあ、私行きます」

と、立ちあがる瀬川舞香(45)。

電話を切る、栗林歌麻呂(23)。

栗林「あ、武蔵野坂、3千万の物件、売れちゃいましたー」

『おおおーっ！』と拍手する一同。
宮島亜紀(35)「栗林さん今月5件目です！」
貼られている個人営業成績、春田は最下位。
春田「……」
そこにやってくる黒澤武蔵(55)。
黒澤「いいか聞いてくれ。みんなが頑張ってくれたお陰で今月の目標は達成、関東エリアで売上げトップになった！」
『すげえ！』『おおおおっ！』拍手する一同。
春田「(聞いている)……」
黒澤「ただ現状に甘えているわけにはいかない。我々はもっと上を目指して、会社を引っ張る存在になろう！」
全員「はい！」
それぞれの持ち場に戻る面々。
黒澤「春田」
春田「はい」
黒澤「週末のキャンペーンの宣伝プラン、お前に任せる」

春田「あ、僕が、はい！」
黒澤「成績挽回のチャンスだ。期待してるぞ」
春田「はい！」
春田の持ってる資料が落ちる。
春田「あっ！」
黒澤「しょうがないな」
と、一緒に拾おうとして、互いの手が触れる。
黒澤「！」
春田「あ、すいません。大丈夫です」
拾い続ける春田。
黒澤「……」

**3　お洒落ダイニング・店内（夜）**

春田は４対４の合コンに参加している。
男側の参加者は春田、牧凌太(25)、栗林、男Ａ。

女性側の参加者は女B、女C、女D、女E。
順番に自己紹介をしている。
春田「えー春田創一33歳。現在、絶賛彼女募集中です。（にやけて）やっぱCAさんって、なんかいいっすね」
『えっ？』と、ザワつく女性陣。
春田「あれ、変なこと言った？」
栗林「あ、みんなアパレルです」
春田「ええっ、CA合コンって言ったじゃん！（女性たちに）あ、いや、アパレルも全然。服、好きだし！」
女性陣、一気に冷たい目。
栗林「はい、じゃあ牧さん」
牧「牧凌太です。天空不動産の本社で、都市開発をやってます。今日は（男Aを指し）こいつに誘われて来ました」
『かわいい！』『かっこいい〜！』などと女性陣から声が上がる。
春田「（会釈して）初めまして」
牧「よろしくお願いします」

と、ぎこちなく挨拶をかわす春田と牧。

**4　レストラン・店内（夜）**

テーブルに案内される黒澤と蝶子（50）。
蝶子「素敵なお店ね」
黒澤「気に入ってもらえて良かった」
席に着く黒澤と蝶子。

**5　お洒落ダイニング・店内（夜）**

栗林「じゃあ最後に、えーっと、栗林歌麻呂です」
春田「よっマロ！」
栗林「（春田と）ここは同じ営業所の同僚です」
春田「いや、上司と部下な？」
栗林「はい、滑ったところで、乾杯しますか。ちなみに、春田先輩は……マザコンです！」

『キャ――ッ！』と女性たちの悲鳴があがる。
春田「ちげえわ！」
栗林「カンパーイ！」
一同「カンパーイ！」
飲み始める一同。
春田N※「こうしていじられながらも合コンに参加するのは、いつか運命の恋に、巡りあえると信じているからだ」

## 6 レストラン・店内（夜）

チン、とシャンパングラスを重ねる黒澤と蝶子。
黒澤「結婚30周年……あっという間だな」
蝶子「（微笑み）これからも、よろしくお願いします」
黒澤「ちょっとキザかもしれないけど」
と、薔薇の花束を渡す。
蝶子「（感激）……あなたと結婚して良かった」

※ナレーション（以下、N）

黒澤「（微笑み）……」

## 7　路上（夜）

栗林「カラオケ行く人〜!!」
と手を挙げ、女性陣を引っ張っていく栗林。
一方の春田は陽気に逆方向へ歩いて行く。
牧が追いかけてきて、
牧「ちょちょ、春田さんどこ行くんすか!?」
春田「おいおい、これからだろぉ、楽しいのは〜！」
と、牧に寄っかかる春田。
牧「重っ！　（手を挙げて）あ、タクシー！」
春田「（キョロキョロして）っつうか、あれ？　みかちゃんは!?　みかちゃーん！　みかちゃんどこ――!?」
牧「もう学生じゃあるまいし、しっかりしてください！」
牧は、春田をどうにかタクシーに押し込む。

牧　「（運転手に）お願いします」
春田　「あれ、次は二次会？　三次会？」
バタンと、タクシーのドアを閉める牧。
走り去るタクシーを呆れて見つめる。
牧　「……そら、モテねえわ」

**8　春田の自宅・外観（日替わり・朝）**

**9　同・廊下（朝）**

ワイシャツのまま、だらしなく部屋の扉の前で寝ている春田。

廊下に靴下やズボン、ネクタイが点々と落ちている。

ガンッと扉が開いて、春田を直撃する。

春田　「（寝ぼけて）あいってっ！！！　何すんだよもう!!」

現れたのは母・幸枝（60）である。

幸枝　「それはこっちのセリフよ！　毎晩毎晩夜中に帰って来て、靴揃えない、服脱ぎっぱなし、食べた皿そのまま、ズボンにティッシュ入れたまま洗濯、レシート入れたまま洗濯……」
春田「はいはいはい、今何時だよ……」
幸枝「とっくに8時過ぎてるわよ。あんたいくつだと思ってんの？　33よ!?」
春田「(青ざめ)いやいやいや、シャワー浴びる時間ねえし！　なんで起こしてくんねえんだよ！」
幸枝「決めた」
春田「……何が!?」
幸枝「このままじゃダメになる。あんた、今すぐこの家を出て行きなさい」
春田「何だよ、急に！」
幸枝「お母さん本気よ」
春田「(うんざりして)もう、遅刻すんだろ!?」
幸枝「分かった。じゃあ、お母さんが出て行く！」
春田「はいはいはい、好きにしろよ」
と、春田去っていく。
その背中に向かって、
幸枝「本気だからね！」

## 10　バス車内（朝）

満員のバスに揺られ、ぼーっとしている春田。
女性「ちょっと、やめてください！」
キッと女性に睨まれる春田。
春田「えっ、いや、俺、何もしてないですよ」
女性「この人に触られました！」
周りの乗客も春田を見始める。
春田「ほ、ほんとに、何も……」
黒澤「彼は違いますよ」
とある男性が声を掛ける——黒澤である。
春田「く、黒澤部長……！」
黒澤「ほら、彼は左手はつり革を持って、右手は鞄を持ってる」
女性「（納得して）……」
平穏を取り戻すバス車内。
春田「（恐縮して）ありがとうございました」

黒澤「（微笑み）誤解が解けて良かった」
バスが停車し、揺れる。
黒澤と春田がドンッと密着する。
抱きしめ合う格好になる二人。
春田「！……すみません」
黒澤「（見て）……」
互いの身体が離れた弾みで、黒澤が持っていたスマホが床に落ちる。
黒澤「！」
春田「あ、拾います」
春田がそれを拾う。
すると、ロック画面が春田のキメ顔である。
春田「……えっ!?」
黒澤「ありがとう。今日もよろしく」
と、スマホを受け取って、黒澤はバスを降りていく。
戸惑いながら、後に続いていく春田。
春田「（困惑）……え？」

## 11　天空不動産東京第二営業所・外観

## 12　同・営業部・中

朝礼に出ている、春田、武川、舞香、栗林、宮島、その他社員。
黒澤が前で話している。
黒澤「週末から始まる春の新生活応援キャンペーン、目標設定は具体的にどうなってる?」
春田「……」
武川がホワイトボードに物件資料を貼る。
武川「はい、期間中にはこの5軒を売り切ることを目標にしています。春田、ポスターとチラシは出来てるな?」
春田「は、はい、既にポスティングを始めてます」
武川「他、お客様からのクレームは?」
舞香「はい。栗林くんがお客様を内見にお連れしようとして、道に迷って物件に辿り着かなかったっていうのが、一件」
武川「何やってんだよ、マロ」

栗林「あーそれ春田さんがくれたマップが間違ってたんですよ」
春田「ちょ、俺のせいかよっ。自分でも確認しとけよ」
舞香「はいそこまで。若者に怒鳴ると、すぐ辞めちゃうから」
春田「(悶々)いやいや……」
黒澤、スマホに出て。
黒澤「(電話で)あ、着いたか(前を見て)おお、来た来た。みんな注目!」
一同「(振り返る)!?」
牧が現れる。
それはスローな世界で……。
春田「!　……あいつ」
×　×　×(春田の回想)
合コンに来ている牧。
×　×　×
牧「(気づいて)!」
牧、春田だけに分かるように軽くペコリ。
春田「(おう、と小さくぺこり)」

黒澤「新しい仲間を紹介する。本社の開発事業部から異動になった、牧君」
牧「牧凌太です。慣れない業務でご迷惑をお掛けすることもあると思いますが、頑張りますので宜しくお願いします」
拍手する一同。
黒澤「牧は入社三年目で豊洲地区の再開発を手掛けた我が社のエースだ。みんな追い抜かれるなよ」
全員「はい！」
それぞれが持ち場に戻る。
黒澤「春田」
春田「は、はい！」
黒澤「(牧に)分からないことがあったら、あいつに聞け。面倒見いいから。(春田に)俺のパソコンから、春のキャンペーン資料、牧に出してやってくれ」
春田「あ、分かりました」
黒澤は電話で『もしもし、ああそれは確か先週の経営会議で……』などと言いながら、その場を去る。
春田が黒澤のＰＣを開くと、デスクトップにフォルダが並んでいる。

春田「えっと……春のキャンペーン……春の……春、春」
その中に「spring」と書かれたフォルダを見つける。
春田「春……spring……これかな?」
クリックすると、画面一杯に春田の色々な写真がザーーーッと表示される。
春田「えっ!?」
恐る恐る下にスクロールしていくと、春田、春田、春田……いろんな春田のオンパレード。
春田「(驚愕)なんだよこれ……ウソだろ……!?」
春田、顔を上げる。
遠くで、電話をしている部長と目が合う。
黒澤「(見ている)……」
春田「……」

## 13 同・トイレ

春田はトイレで用を足しながら、冷静になろうと努めている。

春田M※「え、何!? 何で俺の写真が?……夢?……これ、夢だよな」
後ろから黒澤がスッと手を突いて。
そこには『一歩前進』の張り紙。
春田「うわっ!」
春田が振り返ったところに、肘ドン!
春田「ひぃいっ!!」
黒澤「……見た?」
春田「(超びびって)え? あ、いや、み、見てないです」
黒澤「……ホントに見てない?」
春田「は、はい、何も見てないです」
黒澤「っていうか、何を?」
春田「! わ、分かんないですけど、見てないです」
黒澤「……そっか。ならいいんだ」
と、去っていく黒澤。
恐怖で動けない春田。
春田N「神様。僕が希望していた運命の恋とは、少しテイストが違うような気がします」

※モノローグ(以下、M)

メインタイトル
『おっさんずラブ　第一話　OPEN THE DOOR!』

## 14　マンション・エントランス（日中）

ポスティングをしている春田。それを見ている牧。
春田「マンションによってはポスティング禁止のところもあるから、必ず管理人さんに許可を取って」
牧「はい」
春田「お断りのところに突っ込むとクレームになるから、ちゃんと表示を見て」
牧「はい」
春田「あとはもう、上から順番に突っ込んでいくだけ。できるだけ折れないように、軽く入れる。やってみ」
牧「はい」
牧、代わりにポスティングをやってみる。
そこに管理人の森崎眞砂子（64）がやってくる。

森崎「あ、春田君!?」
春田「ああ、こんにちは。(牧に)管理人の森崎さん」
牧「(会釈して)牧と申します」
森崎「春田君いいところに来た。あとで見せたい物があるから」
春田「また見合いでしょ!?　いいですよ、まだ」
森崎「まだって、もういい年じゃないの!　今度は気に入るから。ほら、大きい子が好きって言ってたでしょ!?」
と、ジェスチャーで体の大きい仕草。
春田「いや、大きいっていうのは全体じゃなくて、胸だから、おばちゃん」
森崎「何を贅沢言ってるの、大は小を兼ねる!」
春田「いやいやいや(苦笑)」
牧は、春田と森崎のやり取りを微笑ましく見ている。

## 15　路上

歩いている春田と牧。

街行く人に『あ、どうもー!』と挨拶している春田。
牧「同じ不動産でもやってる事、全然違うんですね」
春田「ああ……営業所は、街とか人が好きじゃないと成り立たないからね。なんつって」
牧「すごいです、春田さん」
春田「いやいや、俺は全然すごくないし、成績ドベだし」
春田のもとに電話が掛かってくる。
春田「(出て)もしもし?」

## 16 天空不動産東京第二営業所・営業部・中

武川が電話をしている。
以下、適宜カットバック。
武川「春田。悪いが至急、オルドーマンションに行ってほしい」
春田「あ、でも、そこは栗林が担当ですけど」
武川「あいつに電話しても何言ってるか分かんねえんだよ、任せた」

## 17 路上

プチンと電話を切られる春田。
春田「えっあっ！……またあいつかよ……ごめん、ちょっと行ってくる。（チラシを渡して）これ、適当なところで切り上げていいから」
牧「は、はい……」
春田はチラシの束を渡して去っていく。

## 18 オルドーマンション・廊下

春田と栗林が玄関先で、主婦に頭を下げている。
春田「すいませんでしたっ!!」
主婦「（マロを指して）この人ホント失礼なんだけど！」
春田「今、業者を手配してますので、少々お待ち下さい」
主婦「上の階から漏れてるって、私、何度も言ったわよね？」
栗林、スマホにメッセージが来て。

栗林「あ（スマホ見る）」
主婦「それ！」
春田「おま、今見るなよ！　ホントすいませんでした！」

**19　天空不動産東京第二営業所・外観（夜）**

**20　同・営業部・中（夜）**

春田がへとへとで、誰もいない営業所に戻ってくる。
デスクについて一息ついて。
春田「何なんだよあいつ……マジで」
と、何気なく営業日報を開く。
春田「？」
春田M「えっ……何!?」
春田の日報に対し、びっしりと部長のコメントが書かれている。
春田M「なんで？　今までこんなコメントなかったのに……」

隣のデスクの日報を開くと、部長の確認印のみ。
春田M「これは、どういうことだ……なんで俺だけ？」
背後でガタッと物音がする。
春田は振り返るが、誰もいない。
春田「（気のせいか）……」
ホッとしたのも束の間、隣に黒澤がどアップで！
春田「うわあああぁっ!!」
黒澤「……クレーム処理、ごくろうさん」
と、コーヒーをデスクに置く。
春田「あ、ありがとうございます」
春田M「え、なんで……いつも定時には帰る部長が（ハッとして）もしかして俺を待ってた？」
手元のコーヒーを見つめる春田。
シャ————ッとブラインドを下げる黒澤。
春田M「えっ!?……まさか、外から見えないように？」
黒澤、ジャケットを脱ぎ始める。
春田M「おいおいなんで脱いだ、なんでジャケット脱いだ!?」

ネクタイを少し緩める黒澤。

春田M「ぶ、部長が万が一、その気だとして……いや、そんなことある訳ないけど、そうだとしたら……どうすればいいんだ？　俺は部下として、どう対応すればいいんだ⁉」

格好よくミント味のお菓子を食べる黒澤。

春田M「落ち着け、そんなことあるわけがない……春田、考え過ぎだ、春田」

パソコンがフリーズする。

マウスをガンガン叩きつけてもカーソルが動かない。

春田M「動かない、くそっ‼　なんだ‼」

近づいてくる黒澤。

黒澤「春田……」

マウスをガンガン叩きつける春田。

春田「す、すいません、お、お先に失礼します！」

上着とカバンを持って、逃げるように出口へ。

## 21　同・廊下（夜）

廊下を歩く春田。
春田M「大丈夫だ、落ち着け……部長が俺をなんて、そんなことあるわけがない」
黒澤「春田ぁあ！」
と、全力で追いかけてくる黒澤。
春田「えっ、なに、部長、なに!?」
思わず逃げ出す春田。
追いかけてくる黒澤。

## 22　同・エレベーターの中（夜）

春田は乗り込み、『閉』ボタンを連打。
ギリギリのところでエレベーターが閉まる。
春田M「（息を切らせて）なんで逃げてんだ、俺……！」
力が抜け、その場にズルズルとへたり込む。
と、そこにピロン！と着信音。
春田「（ビクッとする）……」

見ると、『襟首に、クリーニングのタグがついてるお　黒澤』とある。
春田、襟首に手を伸ばすとクリーニングのタグ。
春田「(ホッとして)なんだよぉおお!!」

## 23　春田の自宅・リビング(夜)

暗いリビングに入って来る春田。
春田「ただいま……あれ、母さん?」
電気を点けるが、母親の姿はどこにもない。
春田「……母さん?」
ふと、テーブルのメモに気づく春田。
春田「!?」
『ATARU君と輸入雑貨のお店を始めます　母』
春田「……はぁ!?　アタル君って誰だよ」

## 24　同・トイレ~洗面所~キッチン

トイレットペーパーが切れていて、棚を探す春田。
春田「え、どこトイレットペーパー」
×　×　×
着替える春田。洗濯物が溜まっている。
春田「洗濯洗剤ってどれ？（手に取り）ちげえ、シャンプーか」
×　×　×
冷蔵庫を開けるが、大根を手に取り。
春田「何もねえ……」

## 25　居酒屋『わんだほう』・外観（夜）

## 26　同・店内（夜）

春田が酒を飲んでいる。
カウンター内で、幼馴染みの荒井ちず（27）がドリンクを作っている。
ちず「えっ、お母さん出て行ったの？」

春田「そうなんだよ、絶対騙されてるわ、その男に」
ちず「……まあ、でもアラサーの実家暮らしなんて絶対モテないんだから、自立するちょうどいい機会じゃん」
春田「ちずに言われたくねえよ。お前だってニートじゃん」
ちず「いやいや、転職活動中だから」
春田「ってか、なんで辞めたの？」
ちず「飲み会で触ってきたおっさんを殴ったら、それが取引先の偉い人でさ」
春田「それでクビか」
ちず「私から辞めてやったの！　上司に謝って来いとか言われてさ。なんで私が謝んなきゃいけないのって話じゃん」
春田「こんな妹で、鉄平兄も大変っすね」
荒井鉄平(38)はカウンター内で食器を洗っている。
鉄平「ホントだよ。誰でもいいから貰ってくんねえかなあ？」
ちず「勝手に安売りすんなバカ兄！」
鉄平「バカ兄ってなんだよ！　バカって、バカ……」
春田「じゃあさ、俺と結婚してみる？」

ちず「やだよ、春田なんか。家事が増えるだけじゃん」
春田「そこ?」
ちず「結婚するなら執事みたいなイケメンって決めてんの」
春田「執事?」
ちず「家事とか全部やってくれて、私が仕事から疲れて帰って来たら、黙って癒してくれるような」
春田「(メニューを見て)明太焼きうどん」
ちず「聞いてないし」
鉄平「ごめん、フード終わっちゃった」
春田「えっ(時計見て)早くないすか!?」

## 27 コンビニ近くの路上(夜)

春田、コンビニ袋を提げて歩いている。
するとスーパーの袋を提げて牧が歩いて来る。
春田「あ、牧!」

牧　「……春田さん」
×　×　×
橋などを歩きながら。
春田　「えっ、今まで配ってたの!?」
牧　「はい……何とか今日中にやっておきたくて」
春田　「……マジか、全部やんなくて良かったのに。ごめん」
牧　「いやいや、俺が要領悪いんで」
春田　「家ってこの辺なんだ?」
牧　「いや、今はウィークリーマンションですね。本社にいる時は実家から通えたんですけど」
春田　「へえ……そうなんだ」
牧　「会社に近くて家賃の安いとこ探してるんですけど、なかなか……」
春田　「そっか……(袋見て)料理するんだ?　偉いじゃん」
牧　「簡単なものしか作らないですけど……今日は唐揚げです」
春田　「おおすげえじゃん。揚げ物すげえじゃん」
グーッと腹が鳴る春田。
牧　「(笑)じゃあ俺、こっちなんで」

春田「おう」
去って行く牧。
それを見ている春田。
春田「牧！」
牧「（振り返り）……？」
春田「……もし良かったらさ、ウチに住まない？」
牧「は？」
春田「俺、実家なんだけどさ、おふくろ出てって部屋空いてんだよ。家賃なんか別にちょっとでいいし……ルームシェアってやつ？」
牧「急ですね。唐揚げ目当てですか」
春田「はは、バレた？　まあ、気が向いたら」
牧「はい、じゃあ、おやすみなさい」
と、牧は歩いていく。
春田も違う方向に歩いていく。
春田N「この何気なく誘った一言が、後に俺の人生を大きく揺るがすことになる」

## 28　春田の自宅・リビング（日替わり・日中）

ダンボールの荷物を運ぶ牧。
春田N「それから数日後、牧凌太は我が家に引っ越して来た」
春田も手伝っている。
春田「これ、どこに置いたらいい？」
牧「とりあえず全部部屋で。ありがとうございます」
春田N「牧がウチに来て分かったのは、超がつくほどマメな奴だということだ」

×　×　×

洗濯後、ティッシュまみれのズボンを手に取り。
牧「（静かにキレて）いやマジ、ティッシュ」
春田「あ、ごめん……」

×　×　×

布巾でテーブルを拭いている牧。
牧「も〜お菓子こぼすとか、ガキじゃないんですから」
春田「わりい」

と、立ちあがる春田。
服に付いていたスナック菓子のカスが床に落ちる。
牧「ぁあぁあぁあ……！」
× × ×
シンプルだが品数の多い料理が並べられている。
春田「すげえな……」
牧「カロリーとかバランスが大事なんで」
春田「!! 何これ、うまーーっ！」
嬉しそうに微笑む牧。
春田N「男同士、気を使わなくていい上に、驚くほど俺の生活レベルは向上した」

**29 天空不動産東京第二営業所・営業部・中（日替わり・昼休み）**

各々コンビニ弁当やパンを食べている社員たち。
春田「VR買わない？　半分ずつ出し合って」
牧「いいですけど、春田さんゲーム、好きでしたっけ？」

春田「やるやる。あとVRはエロもすごいらしいよ」
牧「(呆れて)目的はそれですか」
黒澤「(そんな二人をじっと見て)……」
春田、その視線に気づいて。
春田「!?」

## 30　同・接客カウンター(日中)

春田と舞香が、物件の資料を整理している。
春田「えっ、部長が奥さんと!?」
舞香「そう、仲良さそうに手つないじゃって」
×　　×　　×(回想)
路上を二人で歩いている黒澤夫妻。
×　　×　　×
春田「そっか、ですよね、いましたよね、奥様」
舞香「そこそこ美人よ(客に)いらっしゃいませ」

春田「いらっしゃいませ」
若い夫婦がチラシを持って来店する。
舞香「あら、お客さんお目が高い。こちらは今、春の新生活応援キャンペーンで、仲介手数料が半額なんですよ」
春田「……」

## 31 同・営業部・中（日中）

デスクに戻ってくる春田。
春田M「なんだ……やっぱり俺の勘違いか。勝手に変な想像したりして、何やってんだ俺……部長にも失礼だし、自意識過剰にもほどがあるぞ」
と、何気なく日報をめくると、『本日19時、大場海浜公園にて、待つ　黒澤』とある。
春田「……えっ⁉」

## 32 大場海浜公園（夜）

春田、待ち合わせ場所に向かって、緊張でぎこちなく歩いている。
ベンチなどにいるカップルを何組か通り過ぎて。
春田M「カップルばっかりだな……部長……どこだ？」
遠くで、こちらを見て立っている黒澤。
春田M「いたっ！……え？（目を凝らし）部長、え？　何か持ってる!?」
黒澤が右手に持っているのは、薔薇の花束。
春田M「いやいや薔薇って！」
黒澤のもとにやってきた春田。
春田「……お、お疲れ様です」
黒澤「悪いな、仕事は大丈夫だったか？」
春田「あ、はい、終わらせて来ました」
黒澤「週末のキャンペーン、宜しくな」
春田「はい、その準備も順調です。あとは当日のオペレーションを武川さんを中心に（やるだけ）――」
黒澤「好きです」
春田「……え!?」

黒澤「(真顔)……」
春田「……」
黒澤「はるたんが……好きです!!!」
と、絶叫する黒澤。
春田「ちょっ!! ぶ、ぶ、部長!」
周りを気にする春田。
黒澤「(真顔)……」
春田「あ……あ、ああ……(言葉が出て来ない)」
黒澤「本当はずっと、自分の心にしまっておこうと思ってた……でも……見ちゃったよね、写真」
春田「……」
黒澤「はるたんの写真……見ちゃったでしょ?」
春田「あ……は、はい」
黒澤「(頷いて)だったらもう、自分の気持ちにこれ以上、ウソをつくのはやめようって」
黒澤、春田に一礼する。
春田「いやなんの一礼っすか。あの、部長。頭上げてください、部長!」

黒澤「……」
春田M「どうしろと。俺に一体、どうしろと!!」
黒澤「俺は結婚していて、妻がいる」
春田「……ですよね。そうですよね」
黒澤「だから……ちゃんとするまで、待ってほしい」
春田「え?」
春田M「え、ちゃんとするって何?」
黒澤「俺に時間をくれないか、春田」
春田「いや、あの、部長……」
ドンッと春田の胸に花束を押しつける黒澤。
春田「(受け取り)……」
黒澤「……ありがとう」
と、走り去っていく黒澤。
春田M「えっ、何のありがとう!?……いや、ちゃんとしなくていいから!」

## 33 居酒屋『わんだほう』・店内(夜)

閉店後、カウンターで飲んでいる春田とちず。傍に花束が置かれている。
ちず「告られた!?　やったじゃん!」
春田「いやいや、俺の話聞いてた?　相手はおっさんだよ?　部長だよ!?」
ちず「でも春田が告られるなんて、何年ぶり?」
春田「ええ……もう全然記憶にない。小五以来?」
ちず「誰かに思われるって、ありがたいことじゃん。しかも春田だよ?」
春田「なんだよそれ。ってか、会社の部長だから」
ちず「社内恋愛がイヤってこと?　それとも年上だから!?」
春田「男だからだよ!　わざと言ってんだろ」
ちず「ん……好きになるのに男も女も関係(ないでしょ)」
春田「あるだろ、それは」
ちず「嫌いなの?　その部長さんのこと」
春田「いやいや……上司としては尊敬してるし……部下の面倒見もいいし……うん、好きだよ、人としてはね」
ちず「じゃあ問題ないじゃん」
春田「だからぁ……!」

ちず「春田」
ガッと春田の肩を掴み、顔を近づけるちず。
春田「(ドキッ)……」
ちず「私、その部長さんを応援する！」
春田「(呆れて)……お前、ホント意味わかんねえな」

**34　春田の自宅・玄関(夜)**

牧が玄関を開けると、ちずが春田に肩を貸している。
春田「まき――――っ!!　まきまき――――っ!!」
ちず「ごめんなさい、あの、初めまして、春田の幼馴染みの荒井です」
牧「すいません……あ、牧です～」
春田「(ちずを指し)こいつ俺に惚れてんだよ、ふふふ」
ちず「はぁ!?」
牧が春田を引き取る。
ちず「なんか、好きでもない人に迫られて困ってるんだって」

牧　「（引っ掛かり）……そうですか」
ちず　「ごめんね。あとは適当に、よろしく！」
牧　「おやすみなさい～」
ちずが去っていく。
牧　「（春田に舌打ち）重っ」

## 35　同・リビング（夜）

ソファに倒れ込む春田。
牧が、春田の上着や靴下などを拾いながら、
牧　「もう……そんなとこで寝ないで下さいよ！」
春田　「ほら、牧、ほら」
と、カバンの中から手作りの『春田流　営業虎の巻』を取り出して、牧に渡す。
牧　「はぁ!?　何ですか?」
春田　「ふふ～、プレゼント～」
めくると、手書きの地図に、お客さんの趣味などの情報。

別のページには、ポスティングのやり方など。
『でも無理はしないこと！』などと書かれている。
牧「（読んで）……春田さん、これ」
と、春田を見ると、既に寝息を立てている。
牧「（見つめて）……」

## 36　天空不動産東京第二営業所・営業部・中（日替わり・朝）

春田が営業所に来ると、業者が（チラシの入った）ダンボールを次々と運び入れている。
武川、舞香、牧、栗林が対応している。
春田「おはようござ……え、どうしたんですか!?」
牧「キャンペーンのチラシとポスターの地図が、間違ってたらしいです」
春田「ええっ!?」
と、チラシを見る春田。
春田「これ、俺の確認ミスです。本当にすみません!!」
武川「お前何年目だよ！　しっかりしろよ！」

春田「……すみません」
武川「謝ったってしょうがないだろ。全部に修正のシールを貼って、既に撒いたものはできるだけ回収する、いいな！」
舞香「でも今日の現地販売会って一時からよね。そっちの準備もしないと」
牧「手が足りないですね」
栗林「あー春田さんのせいで詰んだ感じっすね」
そこに颯爽と現れる黒澤。
黒澤「おいおい、下向いてる場合じゃないぞ。武川と牧は、先に販売会の準備に行ってくれ！」
武川・牧「はい」
黒澤「瀬川と栗林は駅のポスターを回収！」
舞香・栗林「はい」
黒澤「やれることからやっていこう！」
武川・牧・栗林・舞香が出て行く。
×　×　×(時間経過)
春田と黒澤が残る。
チラシに修正のシールを貼っている春田と黒澤。

春田M「ああ、俺のせいだ……」
ふと周りを見ると、黒澤しかいない。
春田M「?……あれ、部長だけ」
黒澤、懸命にシールを貼っている。
春田M「え、まさかさっきのは、二人きりになるための、策略? いやいや、仕事だ仕事だ。俺のためにやってくれてるんだ……ん、俺のために? え、俺だから?」
黒澤「修正シール、もらえるか?」
と、黒澤が偶然春田の手に触れる。
春田「うわあああっ!!」
と、振り払う。
子犬のように怯えた目の、黒澤。
黒澤「春田……」
春田「す、すいません。あとは一人でやりますから」
黒澤「(悲しそうに)……そうか」
黒澤、淋しそうな目で出て行く。
やっちまった、と落胆する春田。

春田　「……ああっ！」

## 37　現地販売会・会場（日中）

直したチラシを抱え、息を切らせて走ってくる春田。
牧　「こっちですこっち！　早く！」
と、テントに呼び寄せる。
春田　「（息を切らせて）なんとか、間に合った……」
牧　「早く被っちゃってください」
と、着ぐるみを渡す牧。
春田　「ごめん……」
栗林の声「どう考えても間に合わないっすよ！」
春田　「？」
見ると、テントから離れたところで、準備をしている武川と栗林が揉めている。
武川　「それでもやれって言ってんだよ！」
栗林　「つーか全部春田さんのせいじゃないっすか！」

そこにやってきた黒澤。
黒澤「栗林、お前が逆の立場だったらどうだ。お前がミスをしたら、春田はお前を責めると思うか?」
黙り込む一同。
栗林「……いや、責めないと思います」
黒澤「だろ? (全員に)いいか、成功か失敗かなんて、最後に決まるんだ。これぐらいのミスで、失敗に終わる俺たちじゃないだろう。なあ!」
全員「はい!!」
それを離れたところで見ている春田。
涙を隠すように、被り物をかぶって。
春田「部長……」
牧「(聞こえなくて)なんですか?」
春田「いや、なんでもない……」
牧「俺たちも行きましょう」
見ると、黒澤の頭上に看板が落ちかかっている。
それに黒澤は気づいていない。

春田「えっ!?　えっ、ああっ!!」
着ぐるみの春田が猛ダッシュ。
落ちてくる看板……。
春田、間一髪でドンッと黒澤を突き飛ばす。
黒澤「!」
次の瞬間、ドーン!という音が響き渡る。
見ると、看板が春田の上に。
コロコロ……と転がる着ぐるみの頭。
牧「春田さん!」
黒澤「春田ぁあああっ!!!」

## 38　救急病院・外観(時間経過・夕)

## 39　同・廊下(夕)

牧は、廊下で電話している。

牧　「（電話で）まだ治療してます……はい、状況が分かり次第、連絡します、はい……はい」
電話を切る牧。
待合室の前にやってくると、ベンチで頭を抱えている黒澤。
黒澤　「なんて事だ……春田。なんて事だ！」
牧　「部長……」
黒澤　「俺のせいで春田が……春田が……！」
牧　「（ちょっと引いている）……」
扉が開いて、看護師が数人出てくる。
黒澤・牧　「!?」
看護師A　「（小声で）まだ、若いのにね……」
看護師B　「（小声で）ね……」
黒澤　「（恐怖で）えっ？」
続いて、医者が出てくる。
バッと立ちあがる黒澤。
黒澤　「！　せ、先生、どうなんですか!?　春田は、どうなんですか!?」
医者　「（神妙に）……できることはやりましたが」

黒澤「先生！」
黒澤が先生を追いかけていく。

## 40 同・治療室（夕）

牧が入って来る。
春田、ベッドでケロっとしている。
牧「……え？」
春田「はは、心配した？　無傷だって」
看護師C「今日はもう、帰っていただいて結構ですよ」
と、看護師Cが去って行く。
牧「え？　ホントに大丈夫なんですか？」
春田「てかやべえよ、俺、脳年齢85歳だった」
と、スマホのゲーム画面を見せる。
牧「え、若いのにって……それのこと!?　なんだよ……俺もう、どうしようかと思いましたよ！」

と、泣きそうになる牧。
春田「はは、ごめんごめん……牧もそんな顔するんだな」
牧「！（顔を背ける）……」
春田「（微笑み）……」
黒澤「はるたん！」
と、黒澤が勢いよく入って来る。
春田「！」
黒澤「（涙が溢れ）は、はるたん……はる、はる！」
安堵でふるふるしている黒澤。
春田「牧……ごめん、席を外してもらえるか」
牧「……」
牧、治療室を出て行く。

**41 同・廊下（夕）**

治療室を出てきた牧。

牧「(考えて)……」

## 42　同・治療室(夕)

春田「部長、昼間は……すみませんでした」
黒澤「(黙って首を横に振る)……痛い？」
春田「いや、全然！　部長に怪我がなくて、良かったです」
黒澤「ばかあっ！」
と、黒澤が春田の膝あたりに頭を埋める。
春田「……えっ!?」
黒澤「はる、はるたんに……はるたんに、もしも、もしものことがあったら、どうしようかと……!!」
春田の膝に頭をうずめて、わんわんと号泣する黒澤。
春田「ぶ、部長……ちょ、誰か来るかもしれないから」
黒澤「(号泣して)良かった……無事で……良かった……!!」
春田「……」

だんだん黒澤が可愛く見えてきて。
×　×　×（春田の回想フラッシュ）
満員バスの中で抱きつく黒澤。
×　×　×
トイレで壁ドンする黒澤。
×　×　×
黒澤「好きです」
×　×　×
春田「……」
ゆっくりと春田の手が、黒澤の頭に伸びていく。
気づけば、泣いている黒澤の頭をなでている！
春田M「なんだこれ……何やってんだ、俺……！」
黒澤「（顔をあげ、潤んだ瞳で春田を見る）」
春田「（ハッとして）す、すいません」
と、手をどける春田。

## 43　春田の自宅・リビング（夜）

春田が風呂に入っている。

シャワーの音がリビングに響いてくる。

ソファで考え事をしている牧。

牧「（考えて）……」

ふと、春田の鞄から『営業日報』の表紙が見える。

牧「（気になり）……」

そっと手に取り、ページをめくる。

牧「えっ!?」

そこには、黒澤からのメッセージが書かれている。最初は『お疲れ様でした』や『今日のＭＴＧ、議事録をお願いします』などの業務連絡だが、徐々に『今日は定時で上がりますか?』『土曜日は空いてますか』『ランチミーティングしましょう』『卵焼きは甘い派？甘くない派？』『寒くなってきました。独り身には堪えますね』など、親密な内容に。

牧「（目が本気モードに）……」

シャワーが轟音のようになり、牧の心を乱していく。

## 44　黒澤の自宅・リビング（夜）

黒澤が妻・蝶子と向き合っている。
黒澤「……俺と離婚して欲しい」
蝶子「え!?」
黒澤「……すまない」
蝶子「ちょ、ちょっと待って。何で？」
黒澤「……」
蝶子「何、女!?……女がいるの!?」
黒澤「いや……すまない」
蝶子「……どういうこと？　何とか言ってよ！」
蝶子、驚きと怒りに満ちた表情で。

## 45　春田の自宅・風呂場（夜）

春田「ごめーん、バスタオル取ってくんない？」

と、中から呼びかける春田。
そこに現れる牧。
牧　「……」
春田　「ごめん、バスタオル……」
躊躇なく風呂場に入ってくる牧。
春田　「え!?　ちょ、おいおいおい」
そのまま迷いなく壁ドン！
春田　「！！？」
牧　「……好きだ」
春田　「……え!?」
牧　「……春田さんが巨乳好きなのは知ってます……でも、巨根じゃダメですか」
春田　「はぁあああ!?」
牧　「（真剣な眼差し）……」
春田　「（訳が分からず）……」
そのまま、一気に唇を奪う牧。
春田　「！　おいッ！」

思わず突き放す春田。
**牧**　「……」
**春田**　「……」
静寂の中、二人の足下を湯が流れていく……。

第二話に続く

# #2

## けんかをやめて

## 1　春田の自宅・寝室（朝）

目覚める春田。
春田「（身を起こして）……」
×　　×　　×（春田の回想）
昨日の続き。
風呂場にて、キスを終えた二人。
牧「（見つめ）……」
春田「お、おい……なんだよ」
牧、黙って風呂場を出て行く。
春田「お、おい、牧!!」
×　　×　　×
春田Ｍ「昨日のあれは、何だったんだ……夢？　夢か？（唇に手をやり）いやいや、夢じゃない！」
起き上がって、恐る恐るリビングへ。

## 2　同・リビング（朝）

牧は目玉焼きを焼くなど、いつも通りのテンションで朝食の準備をしている。
牧「あ、おはようございます」
春田「おう、おはよう……」
牧「春田さん」
春田「！（身構えて）な、なに？」
牧「今日はちょっと本社に寄って、帰りが遅いんで、夕飯は冷蔵庫のカレー、あっためて食べてください」
春田「お、おう、サンキュ」
春田、朝食を目の前にして……。
春田M「え、なんなの？　昨日のは何なの？　無かったことになってんの？　もしかしてドッキリ？」
春田「あ、あのさ」
牧「すいません、先に行きます！」
と、牧は足早に出て行く。
取り残された春田。
春田N「神様。こんなに消えてくれないキスの感触、初めてです」

メインタイトル
『おっさんずラブ　第二話　けんかをやめて』

## 3　天空不動産東京第二営業所・営業部・中(日中)

春田がやってくる。デスクで黙々と仕事している牧。
春田「……」
春田、ボードを見ると黒澤のところに『本社』が貼られている。
春田「部長、今日は本社か……良かった」
×　×　×(春田の回想フラッシュ)
黒澤の頭をなでる春田。
春田M「なんだこれ……何やってんだ、俺……!」
×　×　×
春田の背後から、不意に頭を触られる。
春田「うぁあぁぁっ!」
と、振り向くと武川である。

武川「……頭にゴミ、ついてたぞ」
春田「あ、ありがとうございます」
武川、ウェットティッシュで手を拭きながら。
武川「お客様が来てる。対応してくれ」
春田「はい！」

## 4　同・接客スペース（日中）

新婚カップルの棚橋一紀(25)と陽菜(25)がカウンターに座っている。
そこにやってくる春田。
春田「いらっしゃいませ……え、カズ!?」
棚橋「あ、春田さん!?」
春田「おおお、カズ、小説家になったんだよな？　よく電車の広告で見るよ。何、結婚!?」
棚橋「はい、まだ周りには言ってないんですけど」
春田「うわあ何だよ、先越されたわあ……おめでとう!!」
棚橋「ありがとうございます！」

春田「（陽菜に）カズは地元の後輩なんです。お二人はどこで知り合ったんですか？」
陽菜「私、実業団のマラソン選手をしてて……その取材に彼が来たんです」
棚橋「新人賞を獲った『陸嬢』はこいつがモデルなんですよ」
春田「ああ読んだ読んだ、下駄をアレしてね……へえ、そういう出会いってあるんだなあ……じゃあ二人にぴったりの家、探すよ！」
と、用紙を出す春田。

**5　空き家・フロア（日中）**

リビングにやってきた春田、棚橋、陽菜。
春田は、換気のために窓を開けたりして……。
春田「こちらは奥様が普段食事に気を使われてるということで、広いキッチンが特徴ですね」
陽菜「すごい……陽当たりもいいですね！」
春田「ええ、朝は太陽の光を浴びて体内時計を整えたいとのご希望でしたので」
棚橋「ん〜でも書斎がちょっと狭いなあ……」
陽菜「そう？　もっと広くないとダメ？」

棚橋「収納もないと困るし。仕事の資料がいっぱいあんだよ」
春田「分かりました。次、見てみましょう」

## 6　別の空き家・フロア（日中）

ガラッと収納を開けて見せる春田。
春田「こちらは収納が十分にあります。ちょっと駅からは遠いんですけど、閑静な住宅街なので、仕事環境としては抜群ですよね」
棚橋「いいじゃん。書斎も広いし、静かだし、ここにしようよ」
陽菜「ん～……でもお風呂が狭いし、グラウンドから遠くなるんだよね」
棚橋「お風呂ぐらい別にいいだろ」
陽菜「トレーニングで疲れてるのに、浴槽で足を伸ばせないと困るの！」
棚橋「それぐらい我慢しろよ」
陽菜「え、なんで私だけ我慢しなきゃいけないの!?」
春田「あ、まあ、あの、他の物件も」
棚橋「こだわりが多すぎるって言ってんだよ！」

陽菜「小説なんてその辺のカフェとかファミレスで書けばいいじゃん」
棚橋「はぁ!?」
春田「あの、やめましょう、あの！」
と、板挟みになる春田。

## 7　天空不動産東京第二営業所・営業部・どこか（日中）

資料を整理している春田、武川。
武川「そんなにまわっても決まんなかったのか」
春田「そうなんですよ、完全に意見が合ってなくて」
武川「家探しでモメてるようじゃ、先が思いやられるな」
春田「ですよね……」
武川「だいたい、育った環境が違う他人がいきなり一緒に暮らすなんて、無理があるんだよ」
春田「武川さんは、結婚とかって……」
武川「興味ないな。俺には向いてない」
春田「あ、そうなんですか」

ミニホウキで棚を払っている武川。
武川「清潔な空間がけがされるのも嫌だし。ていうか、ホントに愛し合ってるなら、わざわざ結婚なんて形にこだわる必要ないだろ」
春田「確かに……愛って何なんでしょうね」
武川「……何、なんかあったのか?」
春田「いや、これは友達の話なんですけど、今まで意識してなかった相手から、突然なんっていうか、キスされて――」
×　×　×(春田の回想フラッシュ)
キスされる春田。
×　×　×
武川「うん」
春田「なのに、次の日会ったら、何にも無かった感じになってたんですよ。これって相手はどんな気持ちなんですかね?　って相談されて」
武川「(見て)……」
春田「やっぱ、冗談なんですかね」
武川「本気だな」

春田　「えっ？」
武川　「まあ、二人の関係性にもよると思うが……もともと友達なんだろ？」
春田　「そうです、まあ、友達ですね」
武川　「本気だな」
春田　「マジですか」
武川　「まあ、そいつもカーッと盛り上がってキスしたものの、冷静になって考えると、順番間違えたなって、今ごろ後悔してるんじゃないか？」
春田　「ああ……でも実はその、男女じゃなくて、男同士なんですよ」
武川　「ふーん……」
春田　「だからよくある、男子校のノリなのかなって、思ったんですよね。その話聞いて」
武川　「（キッパリ）ノリじゃないな」
春田　「マジすか」
それを聞いていた舞香がやってきて。
舞香　「え、キスって何、どういうキス？」
春田　「舞香さん……いや、まあチュッて感じですね」
舞香　「されて春田くんはどう思ったの？」

春田　「いやあ、とにかくびっくりして、よく分かんなかったんですよね」
武川・舞香「……」
春田　「（ハッとして）いや、俺じゃないっすよ!?」

## 8　同・同・中（夕）

牧がデスクで仕事をしている。
栗林が牧に資料を渡して、
栗林　「これ、春田さんの机に置いといて」
牧　「え？」
栗林　「えって（苦笑）この営業所では、俺、先輩ですよね」
牧　「……は？」
牧、戸惑いながら資料を受け取り、春田のデスクに置くと、スリープ状態だったパソコンがつく。
牧　「（ディスプレイを見て）……！」
春田が戻ってくる。

牧、その場を立ち去る。
春田「……？」
自分のパソコンを見ると、メールが届いている。
送り主は黒澤で、『明日　ランチミーティングするお』とある。
春田「ランチミーティング……するお」
恐怖におののく春田。

**9　天空不動産本社・エレベーターホール**

黒澤、スマホを見る。
春田から『承知しました』と返信が来ている。
黒澤「……」
エレベーターが開き、外国人のビジネスマンがやってくる。
黒澤「（英語で）お待ちしておりました、会議室はこちらです」
と、黒澤は流暢な英語で、取引相手を出迎える。

## 10　居酒屋『わんだほう』・外観（夜）

## 11　同・店内（夜）

カウンターで、春田とちずが飲んでいる。
ちずはスーツ姿である。
春田「おお、転職決まった!?　おめでとう！」
ちず「ふふ、ありがと～。もうニートとは呼ばせないよ」
春田「え、今度は何やんの？」
ちず「広告代理店。本社はアメリカなんだけど」
春田「アメリカ!?　……なんかすげえな」
ちず「私は仕事に生きるから。そしていつか、優秀なイケメン執事を雇う」
春田「（呆れて）そうやって、結婚が遠のいていくんだな」
ちず「うっせ！」
ぽかっと殴るちず。
春田「痛って、何すんだよ！」

と、じゃれあう二人。
そこに新メニューを運んでくる鉄平。
鉄平「はい、新作メニュー、鯖のヨーグルト煮」
春田「なんでまた、ヨーグルト……」
鉄平「料理も人生と同じ。どこに運命的な出会いが転がってるか分からないだろ!?」
春田「(食べて)……鉄平兄、殴っていいですか」
鉄平「なんでだよ!」
春田「鯖とヨーグルト、出会っちゃいけない二人です」
鉄平「マジか……(ハッと閃いて)あ、曲が降りて来た!」
足下からギターを取り出す鉄平。
鉄平「俺とお前は〜まるでロミオとジュリエット♪　出会わなければ良かったのに〜♪」
ちず「(無視)それで、あれから部長さんとはどうなった?」
春田「何もないよ」
ちず「なんだ……諦めたのかな?」
春田「いや……」

## 12 黒澤の自宅・リビング(夜)

パソコンで、熟年離婚の記事を見ている蝶子。
**蝶子**「(読んで)熟年離婚は30年で二倍に増加……」
× × ×(蝶子の回想)
**黒澤**「……俺と離婚して欲しい」
× × ×
蝶子『離婚　切り出されたら』と打ち込み検索する。
弁護士サイトのようなところに辿り着き、
**蝶子**「(読んで)『1　復縁を試みる』……『2　不倫の場合は証拠保全』これか」
蝶子、立ち上がり、スーツなどを触る。
コロコロでスーツから髪の毛を採取する。
**蝶子**「(呟くように)髪の毛……証拠保全!」
狂ったように机の引き出しなどを開いてガサ入れする蝶子。
**蝶子**「証拠保全……証拠保全……無いか」
**春田の声**「今は奥さんがいるから、ちゃんとするまで待ってくれって」

## 13　もとの居酒屋『わんだほう』（夜）

ちず「なにそれ、めちゃくちゃ誠実じゃん！」
春田「いやいや、誠実って……」
ちず「だって、春田のこと大切に思ってる証拠じゃん。それ真剣に考えたほうがいいよ」
春田「あのさ……簡単に言うけどお前ホントに俺が部長のものになってもいいのか!?」
ちず「え？（見る）」
春田「（ドキッ）……」
ちず「だって……玉の輿だよ？」
春田「た、たま、玉の輿って！」
春田のスマホにメッセージが来る。
牧から、『もう家に着きました？　まだだったら、帰りに牛乳買ってきてもらえませんか？』とある。
春田「……（返信せず）」
ちず「仕事？」
春田「いや。（鉄平に）ビールおかわり！」

鉄平「はい、ビール一丁!」
ちず「(春田の様子を見て)……」

## 14 天空不動産東京第二営業所・営業部・中(夜)

フロアには牧だけが残っている。

牧は、パソコン画面をなんとなく眺めている。

そこにブブッとスマホが振動する。

牧「(返信来た)!?」

素早くスマホを見るが、広告のメールである。

自分が送ったメッセージは相変わらず未読のまま。

牧「(溜め息)……」

そこに舞香がやってくる。

舞香「あら、牧君まだいたの?」

牧「(ビクッとして)どうしたんですか?」

舞香「スマホの充電器忘れちゃって。ああ年取るとダメだわ〜、色んなとこに忘れちゃう」

舞香、自分のデスクに置いてある充電器を取る。
舞香「……まだお仕事？」
牧「こんな時間か……そろそろ帰ります」
と、帰り支度する牧。
舞香「ちょっとなに、暗い顔して。ひょっとして、恋の悩み？」
牧「ぐいぐい来るなあ……」
舞香「だって今、誰かの返信待ってたでしょ？　ねえ」
と、牧の隣に座ってくる舞香。
舞香「何、誰？（ハッとして）本社の子？」
牧「いやまあその……（意を決して）好きになっちゃいけない人を好きになってしまったっていうか」
舞香「（ハッとして）不倫!?」
牧「いや、違います」
舞香「不倫、ダメ、ゼッタイ！」
牧「いや、そんなんじゃないですけど……最初から可能性のない恋ってあるじゃないですか」
舞香「……そうね。私は全部それ」

牧　「なのに、止められない自分が、イヤになるっていうか」
舞香　「……」
×　×　×（舞香の回想）
春田と武川の話を聞いている舞香。
春田　「今まで意識してなかった相手から、突然なんっていうか、キスされて——」
×　×　×
舞香　「チーン！（つながった）」
牧　「？　じゃ、お疲れ様です」
牧、荷物を持って立ちあがる。
舞香　「牧君」
牧　「（振り返り）……？」
舞香　「好きになっちゃいけない人なんて、いないんじゃないかしら」
牧　「……え？」
舞香　「押してうまく行かないなら、引けばいいじゃない」
牧　「（苦笑）そうですね、はい。ありがとうございます」
頭を下げて、出て行く。

舞香　「（微笑み）なんてな！」

15　春田の自宅・リビング（夜）

牧が帰ってくると、テーブルにコンビニ袋に入った牛乳が置いてある。
ソファで寝ている春田。
牧　「……」
春田に毛布を掛ける牧。
すると、春田が目を覚ます。
牧　「……そんなところで寝たら風邪ひきますよ」
春田　「ああ……うん。風呂入るわ」
と、立ちあがる春田。
牧　「春田さん」
春田　「……何？」
牧　「冗談ですよ」
春田　「え？」

牧「昨日のあれ、冗談ですよ。本気だと思いました？」
春田「あ、ああ……ってか、何だよと思った」
牧「あそこは、うおい!!って突っ込んで欲しかったんですよね」
春田「(ふっと力が抜けて)何それ分かりにく!!　それすげえ分かりにくいわ！」
牧「……男子校のノリですよ」
春田「いやいやいや、マジで焦ったから！　いきなりガバッて来たからさあ……俺そういうノリ分かんねえし、ってか、目がマジだったじゃん」
牧「……ギャグです」
ソファにダイブする春田。
春田「(安堵して)も～なんだよお～!!　俺、今日一日どういう気持ちで、過ごしてたと思う!?　もう、出てってもらおうと思ったもん、マジで！」
牧「……スイマセン(苦笑)」
春田「まあ、でもごめん、俺も言いすぎた。なんか男同士のそういう、キスとか、冗談でも無理だから」
牧「……」
春田「じゃあ、風呂入ってくるわ。マジでもうやめろよ(笑)」

牧　「はい（笑）」
春田　「フリじゃねえからな！（笑）」
牧　「分かってます（笑）」
春田、風呂場へ。
牧は一転、寂しそうな表情で。
牧　「……」
そこに春田のスマホにメールが届く。
牧　「？」
見ると『12時に本社の屋上で、待つ　黒澤』とある。
牧　「（ザワザワする）……」

**16　黒澤の自宅・寝室（深夜）**

黒澤と蝶子が寝ている。
蝶子、カッと目が開く。
サッと布団から出て、ハンガーに掛けてある黒澤のコートのポケットを触る。

と、スマホが出てくる。
蝶子「……顔認証」
蝶子が寝ている黒澤のまぶたを一瞬こじ開け、スマホの顔認証を解除する。
蝶子、スマホをスクロールするなどして見ていく。
黒澤「(寝言で)はる……た……ん」
蝶子「!?」
黒澤「(寝言で)はる……」
蝶子「……好きなの?」
黒澤「(うなずき)……」
蝶子「誰が好きなの……?」
黒澤「はる……たん」
蝶子「……はるか?」
憎悪に燃え上がる蝶子。
蝶子「……ハルカ!!」

リビング(日替わり・日中)

春田が棚橋夫妻を案内している。
棚橋・陽菜「(不機嫌)……」
春田「どうでしょう?」
陽菜「ジムが近くにあるのは嬉しいんですけど、ちょっと高いかな……」
春田「ですよね。ただ、どうしてもご主人が書斎は8畳欲しいということで……」
陽菜「8畳もいらないですよ」
春田「いや、ですが……」
そこに棚橋がやってきて。
棚橋「春田さん、トレーニングマシンを置くなら、書斎を防音にして欲しいです」
春田「いや、それはちょっと予算が……」
陽菜「(春田に)ここってペットは飼えますよね?」
棚橋「(春田に)アレルギーなんで俺」
陽菜「(春田に)寝室にダブルベッドを置きたいんですけど」
棚橋「(春田に)俺は自分の部屋で寝るから」
陽菜「はぁ!?　なんで別々で寝るの!?」
棚橋「締切前は部屋から出たくないんだよ!」

春田「ちょ、いいですか、あの……」
棚橋と陽菜がヒートアップ。
陽菜「なんなの!?　ちょっとは譲ってよ！」
棚橋「そっちこそ自分の要求ばっかじゃねえか！」
陽菜「私は選手生命が掛かってるの！」
棚橋「俺だって作家人生が掛かってるよ！」
陽菜「じゃあ、もうやめよっか、結婚！」
棚橋「ああ、やめようぜ。お前なんかと暮らせねえよ！　やめだやめだ!!」
出ていく棚橋。
春田「ええっ……!?」

## 18　天空不動産東京第二営業所・接客スペース（日中）

ケーキの差し入れを持って現れる蝶子。
蝶子「ごめんください～」
栗林「いらっしゃいっせぇええ！」

蝶子「（奥の様子を窺い）……」
栗林「お部屋探しっすか？」
武川がやってきて、
武川「すかはやめろ、すかは。（客に）いらっしゃいませ。本日はどのようなご用件……あ、黒澤さん！」
栗林「黒澤？　お知り合いですか？」
蝶子「（微笑み）ご無沙汰してます、黒澤武蔵の妻です」
と、頭を下げる蝶子。
栗林「え、部長の!?　つーか人妻すか!?」
武川「あ……すいません、部長は本日……」
蝶子「知ってます、本社でしょ？」

**19　天空不動産本社・外観（日中）**

**20　同・屋上（日中）**

パカッと弁当が開くと、可愛いキャラ弁。
春田「！」
黒澤「（微笑み）いっぱい食べて」
春田「あ、はい。ありがとうございます」
黒澤「唐揚げ好きだもんね。よく食べてるでしょ」
黒澤が取りわけようとするので、
春田「あ、自分で取ります」
黒澤「はるたんの口に合うかな……あードキドキする」
春田、唐揚げを口にする。
黒澤「どう？」
春田「……おいひいです」
黒澤「星三つ？」
春田「（モグモグ）……はい」
黒澤「良かった……星三つ！」
パシャッとツーショット写真を撮る黒澤。
急に仕事モードになる黒澤。

黒澤「しかし、やっかいな案件につかまったな」
春田「！　はい。夫のほうは地元の後輩なんで、何とか力になってやりたいんですけど」
黒澤「まあ、新婚夫婦の部屋探し破局はよくある話だよな」
春田「はい……」
黒澤「意見の不一致で板挟みか……十年前を思い出すな」
春田「あ……僕が入社した頃ですか？」
黒澤「娘夫婦が勝手に家を売ろうとして、お爺さんが怒ったことがあっただろう」

## 21　豪邸・リビング（黒澤の回想・十年前）

契約書を前に、主人（79）が娘（44）にゴネている。
主人「ふざけるな！　俺は何があっても出て行かんからな！」
娘「どうやってこの家、維持するの!?　お父さんの為に言ってるんでしょ？」
春田「（あたふたして）ちょ、ちょっと落ち着きましょう」

## 22　もとの屋上（日中）

春田と黒澤が話している。
黒澤「あの時も春田は家族の板挟みにあって……でも、諦めずに爺さんのもとに通ったよな?」
春田「はい。よくよく聞いてみると、家を売りたくない理由は、意外なところにあって」

## 23 豪邸・庭(春田の回想・十年前)

春田と主人が庭の片隅に植えられた木を見上げている。
主人「この木は、亡くなった妻が大事にしていてね……これでもう、本当のお別れだな」
春田「(泣いている)……」
主人「なんで君が泣いてるんだ」
春田「(ハッとして)移しましょう!」
主人「え?」
春田「この木を、新しい家の庭に移植するんです!」
主人「……え?」
春田「僕に、お手伝いをさせてください!」
喜ぶ主人の顔。

## 24　もとの屋上（日中）

黒澤「家や土地ってのは、そこに暮らす人の人生そのものだ。俺たちは、その人生を預かる仕事なんだよな」
春田「はい……」
黒澤「まあ、板挟みになるのも俺たちの仕事のうちだ。根気強く向き合っていれば、きっと答えは見つかるさ」
春田「はい……頑張ります」

## 25　天空不動産本社・表（日中）

本社ビルの前にやってきた牧。
牧「（見上げて）……」
ビルのエントランスに入っていく。

## 26　同・屋上（日中）

黒澤「ちなみに、あの時の話の続き、覚えてるか？」
春田「続き……ですか？」
黒澤「思い出せ」
春田「えっ？」

## 27　路上（春田の回想・十年前）

春田と黒澤が歩いている。

春田N「えっと、その初めての契約を終えて、会社に戻ろうとした時、契約書の入ったカバンを取られて――」

後ろからひったくり犯がやってきて、春田の持っているカバンを奪って走って行く。

春田と黒澤が犯人を追いかけていく。

春田N「それで僕たちはすぐに犯人を追ったんですけど」

春田が犯人をタックルして押さえ込むが、あとからやってきた部長が、自分で躓いて派手に転倒する。

黒澤「（足を抱えて）うぁあああっ!!」

春田「そこで部長が、怪我をしてしまって」
黒澤N「そのあと」

**28　もとの屋上（日中）**

春田と黒澤が話している。
春田「……僕の記憶は、ここまでです」
黒澤「その後あったじゃーん！　決定的な場面が！」
春田「け、決定的な場面……ですか？」
黒澤「あったじゃーん！」

**29　池のある素敵な公園（黒澤の回想・十年前）**

黒澤が一人、ベンチで足を出して、痛みに顔を歪めている。
黒澤「ううっ……」
そこに、コンビニ袋を提げて走ってくる春田。

春田　「(息を切らせて)すいません、近くにコンビニなくて」
袋からロック氷や、湿布を取り出す。
春田　「湿布、貼りましょう」
春田、湿布を黒澤の足首に貼る。
黒澤　「(痛くて)ウッ！」
春田　「あ、すいません……」
慎重に湿布を貼り終える。
黒澤　「ありがとう……会社に戻ろぅ」
春田　「大丈夫ですか?」
黒澤　「大丈夫だ」
春田、黒澤の前に跪いて、革靴を手に取る。
黒澤は、自分の右足を春田の前に差し出す。
春田　「どうぞ(慎重に……)」
春田は黒澤の右足に、ゆっくりと革靴を入れていく。
それはスローな世界で……。
ゆっくりと、なめらかに革靴に吸い込まれていく足。

春田「(黒澤を見上げ)……」
黒澤「(春田を見て)……」

## 30　もとの屋上(日中)

黒澤「あの時、お前が俺を、シンデレラにしたんだ」
春田「……うそでしょ!?」
黒澤「大丈夫、もう妻には離婚の話をしてきた。もう少し、時間がほしい」
春田「あの、その件なんですけど……」
牧の声「春田さん!」
春田・黒澤「!?(見る)」
息を切らせて立っている牧。

## 31　天空不動産東京第二営業所・営業部・中(日中)

蝶子の周りに武川、舞香、栗林がいる。

武川「すいません、今日はもう部長、戻られないと思います」
蝶子「あ、いいんです、皆さんにご挨拶したかっただけなので」
栗林「奥さん、ちょーヤバいっすね」
蝶子「(怪訝に)え?」
栗林「クッソ美人じゃないっすか! 俺、全然アリっすよ。アリよりのアリです」
蝶子「(戸惑い)あ、ああ……何、宇宙人?」
舞香「すみません。(マロに)あっち行ってなさい」
武川「小さい営業所なんですけど、部長の指導のお陰もあって、営業所の中では成績がトップなんです。家族みたいに、みんな和気藹々とやってます」
蝶子「これで全員なんですか?」
武川「あと男性社員が二人、外に出てます」
蝶子「へえ……あなた、名前は?」
宮島「宮島亜紀です」
蝶子「あなたは?」
舞香「瀬川舞香です。45歳」
蝶子「(ぼそっと)……違うわね、あなたは」

## 32　天空不動産本社・屋上（日中）

牧が春田と黒澤のもとに近づき。
牧　「黒澤部長」
黒澤　「ん？」
牧　「今は業務時間中ですよね。会社で公私混同は、やめてもらえませんか？」
黒澤　「……どういうことだ」
牧　「春田さんが嫌がってんの、分からないんですか!?」
黒澤・春田「!!」
春田　「……どうした、牧」
牧　「これは上司と部下の関係を抜きにして、無礼を承知で言います……春田さんから、手を引いてください」
黒澤　「ちょっと言っている意味が分からない」
牧　「手作り弁当なんて、重いに決まってるじゃないですか」
春田　「！」
黒澤　「……そうなのか？　春田」

春田　「いや、そ、そんなことは、ありません……」
黒澤、牧に対してドヤ顔。
牧　「直属の上司に、本音なんか言えるわけないでしょ(笑)」
春田　「おい牧、もういいから」
牧　「部長に、春田さんは守れません」
黒澤　「(目を細め)君……ひょっとして」
ぐいっと春田の腕を引き寄せる牧。
牧　「俺は、春田さんが好きです。たとえ相手が部長でも、絶対渡しません！」
春田　「いやいやいや……うおおおいっ(笑)!!」
と、律儀に突っ込む春田。
牧も、黒澤も、目がマジで笑っていない。
黒澤　「(にらみ合い)……」
牧　「(にらみ合い)……」
春田　「いやいや、突っ込めって言ったじゃん！　ウソだろ!?」
牧と黒澤が、ゆっくりと接近する。
牧　「毎日メシを作って、春田さんの胃袋を支えてるのは俺です」

黒澤　「え!?」
牧　「俺、今一緒に住んでますから」
黒澤　「(春田に)同棲!?」
春田　「いや、ルームシェアです」
黒澤　「(動揺し)お、俺だって10年一緒に働いてるんだ！　ぽ、ぽっと出の貴様に何が分かる!!」
牧　「大事なのは長さより、深さだと思います」
黒澤　「今のはるたんを育てたのは、この俺だ！」
春田　「ちょ、ちょ、もうそのへんでやめましょう」
二人の間に入って止めようとするが、逆にヒートアップする黒澤と牧。
黒澤　「じゃあはるたんの良いところ、10個言えるか？」
牧　「春田さんの悪いところ、10個言えますか？」
黒澤　「(一瞬ひるむ)い、言えるとも！　えっと……かわいすぎる！　存在が罪！　ピュア！　……かわいすぎる！」
牧　「(早口で)優柔不断、朝が不機嫌、服脱ぎっぱなし、好き嫌い多い、靴揃えない、皿洗いしない、ちょっとそれ一口頂戴って言う、改札で引っ掛かる、方向音痴、寝てないアピール！」
春田「そんなにか……」
牧は黒澤に掴みかかる。
牧「おっさんにもなって、春田さんが迷惑してんのが分かんないんですか！」
黒澤「(掴み返して)おっさんは関係ないだろ！」
春田「ちょちょちょ二人とも!!」
と、春田が二人を引き剥がそうとするが、逆に吹き飛ばされる。
黒澤と牧が両手でがっちり掴みあう。
黒澤「ああぁああ……っ!!」
牧「うおおおおっ!!」
間に春田が入る！
春田「ちょ、二人とも！　……俺のためにケンカするのはやめてください！」
牧「(息を切らせて)……」
黒澤「(息を切らせて)……十三時だ。戻るぞ」
牧「そうですね」
去る黒澤。

続いていく牧。
少し取り残されて春田も歩き出し。
三者、屋上を去るその後ろ姿、俯瞰で。

## 33　天空不動産東京第二営業所・営業部・中(夕)

グッタリしている春田に、電話が掛かってくる。
春田「(出て)はい、天空不動産です……ああ、カズ?」
棚橋の声「すいません春田さん……家はもう、結構です」
春田「どうした?」
棚橋「なんか、相手のやなとこばっかり目につくし、価値観が違いすぎて、一緒に暮らすなんて無理です」
春田「いや、ちょっと待って待って。俺が間にちゃんと入るから、明日もう一軒だけ、見てよ?」
棚橋の声「でも……」
春田「頼む!」
棚橋「……分かりました。でもたぶん、もう無理だと思います」

春田「もしもし!?　もしもし!?」
電話が切れる。
春田「……」

## 34　春田の自宅・表（夜）

春田が自宅の表までやってくる。
が、帰りづらい。
春田「……」

## 35　居酒屋『わんだほう』・店内（夜）

春田が入ってくる。
春田「こんばんはー」
ちず「いらっしゃ～い」
見ると、既にカウンターで飲んでいる牧。

店内に他に客はいない。
牧　「(見ない)……」
春田　「(溜め息)なんでこっちにいんだよ……」
×　　×　　×(僅かな時間経過)
ちょっと距離を置いて飲んでいる春田と牧。
ちず　「え、なんでそんな険悪なの？　あ、分かった、春田が洗濯したばっかのシャツに醤油のシミをつけた！」
春田　「ちげえし」
ちず　「(牧に)何があったの？」
牧　「何もないですよ(笑)」
春田　「何もねえことないだろ、何だよさっきの。お前、上司を相手に何やったか分かってんの？」
牧　「……」
春田　「あんな場で好きだの何だの、冗談もいい加減にしろよ！」
牧、ウーロン茶をグッと飲み干して。
牧　「(小声)冗談なわけないじゃないですか。ほんと物わかり悪いなぁ……」
春田　「はぁ!?」

牧、立ちあがって、絶叫する。
牧「好きなんですよ！　分かんないですか、俺は春田さんが、本気で好きなんですよ！」
春田「(愕然)……」
ちず「(驚き)……」
牧「相手が部長だろうがなんだろうが、そんなの関係ないじゃないですか！」
春田「……え、なに、わっけわかんねえ。え、それマジで言ってんの？」
牧「マジですよ！」
春田「お、俺は別にそういうつもりで一緒に住んでねえから！」
牧「最初から分かってますよ、それぐらい！」
背を向けて座る牧。
ちず「春田」
混乱する春田。
春田「え、何、俺たち……会社の同僚じゃねえの!?　じゃあ何!?　一緒に住み始めたのも、メシとか掃除とかも全部……そういうつもりだったのかよ！」
牧「……」
春田「……なんか、すげえ裏切られた気分だわ！」

立ちあがる牧、財布から代金を出して。
牧「そうですね、すいません。お勘定お願いしまーす」
春田「おい待てよ、まだ話が終わってねえよ！」
牧、店を出ていく。
ちず、春田にパーンと平手打ちする。
春田「痛ッ!! はぁあ!? 何すんだよっ!!」
ちず「……最低」
春田「……」
ちず「一緒に暮らそうって、あんたの方から言ったんじゃないの？」
春田「……」
ちず「被害者面してるけどさ、好意に甘えてたのはどっちよ」
春田「……」
ちず「相手を思いやれないあんたに、一緒に暮らす資格なんてないよ」
春田「……」

## 36　黒澤の自宅・リビング（夜）

パソコンで、天空不動産のサイトを見ている蝶子。
社員紹介の一覧を見ている。
春田創一のところでスクロールが止まる。
蝶子「春田創一……(ニヤリとして)見つけた」

## 37 春田の自宅・玄関(夜)

春田が帰宅すると、部屋は真っ暗。
春田「……」

## 38 同・リビング(夜)

リビングの電気を点けるが、誰もいない。
春田「……」
上着を脱いでソファに放り投げる。
×　×　×(春田の回想フラッシュ)

脱いだ上着や靴下を片付ける牧。
×　×　×
レンジで回るカレーを見つめる春田。
×　×　×（春田の回想フラッシュ）
牧「夕飯は冷蔵庫のカレー、あっためて食べてください」
×　×　×
カレーを食べる春田。
春田「くそ、超うめぇ……」
スプーンが止まる。
×　×　×（春田の回想フラッシュ）
ちず「相手を思いやれないあんたに、一緒に暮らす資格なんてないよ」
×　×　×
春田「（自分に苛立ち）ぁあああっ！！！」
バーンとテーブルに拳を打ち付け、立ちあがる。
玄関を出ていく春田。

## 39　路上（夜）

全力で走っている春田。
春田M「（息を切らせて）なんで走ってんだ俺……なんでだ!?」

## 40　別の路上（夜）

サラリーマンにぶつかる春田。
会社員「バカ野郎!!」
バランスを崩し、ゴミの山に突っ込んでいく春田。
春田N「確かに、牧との生活は楽しかった……」

## 41　ネットカフェ（夜）

店内を探し回る春田。
春田N「もし牧が女だったら、あの告白は嬉しかったのだろうか」

後ろ姿が、牧っぽい人がいる。
春田「牧!?」
振り向くと、全然違うおじさん。
春田「すいません」

## 42 橋など(夜)

がむしゃらに走っている春田。

春田N「ただ、牧が男だから、ダメなのか? 俺は……俺は……」

立ち止まる春田。

春田「(息を切らし)……俺はロリで巨乳が好きなんだよ――!! クソ――ッ!!!」

海に向かって叫ぶ春田、夜景が美しい。

## 43 公園(夜)

公園に走ってやってきた春田。

ベンチに座っている牧。
春田「！」
春田、ゆっくりと近づいていき……。
牧、春田に気づく。
牧「汚な！」
春田「何やってんだよ……そんなとこで」
牧「……天体観測です」
と、うつむいている牧。
春田「(見上げて)見えねえし、何にも」
牧「春田さんって、何にも見えてないですよね」
春田「(苦笑)……」
立ちあがる牧。
牧「じゃあ俺、これから友達に呼ばれてるんで」
すれ違いざまに腕を掴む春田。
春田「牧」
牧「放してください」

春田「……牧、俺、」
牧「可能性がないなら、優しくしないでください。……ルームシェアなんかするんじゃなかった」
春田「(手を放さず)聞けよ」
牧「出て行きますから、全部忘れてください」
春田「それは嫌だ」
牧「何もかも違うのに、一緒に暮らすなんて無理なんですよ」
春田「……でも俺には、たぶん、何っていうか……お前が必要なんだよ」
牧「……どういう意味ですか？」
春田「まあ、お前といると楽しいし……俺、ダメなところは直すから、その、友達として……？　また普通に暮らせたらって」
牧「……ほんと春田さん、ずるいですよ」
春田「え？」
牧、春田のおでこにキスをする。
春田「！」
牧「……普通には戻れないです」

と、無愛想に踵を返して去って行く牧。
春田「おい……！　ちょ、牧!!」

**44　更地（翌日・日中）**

更地に、棚橋と陽菜を連れてきた春田。
棚橋・陽菜「……は？」
春田「ごめんなさい。お二人が希望する条件の家は、見つかりませんでした」
棚橋「えっ……」
陽菜「じゃあ、なんでわざわざこんな所に？」
春田「カズ。もう一度、一から考え直してみない？」
棚橋「……一から？」
春田「今まで見てきたのは、それぞれ自分が住みたい家だったと思うんだ」
棚橋・陽菜「……」
春田「でも今度はなんって言うか……二人が一緒に暮らしていくために、二人にとって必要な条件を、教えてくれないかなって……」

棚橋・陽菜「……」
棚橋「二人にとって……?」
見つめ合い、黙り込む二人。
陽菜「まあ……いつか子供ができるかもしれないし」
棚橋「……そしたら、子供のベッドを置く場所が必要か」
陽菜「保育園とかも、近くにないと……」
棚橋「ああ、できれば俺、子供は五人欲しい!」
陽菜「え、そんな話、初めて聞いたんだけど」
棚橋「大家族に憧れてんだよ」
陽菜「じゃあ、もっと稼いでもらわないと」
棚橋「それ今言う!?」
などと話し始める二人。
それを微笑ましく見る、春田。

**45　天空不動産東京第二営業所・接客スペース(日中)**

春田が接客スペースにいる。そこにやってくる蝶子。
春田「いらっしゃいませ」
蝶子「春田創一さん……ですよね」
春田「？　はい？」
蝶子「あなたにお聞きしたいことがあるの。ちょっとよろしいかしら？」
春田「……え!?」

第三話に続く

# #3

君の名は。

## 1　天空不動産東京第二営業所・接客スペース（日中・続き）

蝶子、異様に周りを窺っている様子。
蝶子「（店舗の奥を覗いて）……」
春田「ん、ん？（振り返ったりして）どうかされましたか？」
蝶子「あ、いや、えっと……広めの１ＬＤＫを探してるんだけど」
春田「はい、広めの１ＬＤＫ……お一人様ですか？」
蝶子「は!?」
春田「あ、いえ、すみません」
蝶子「お一人様用だけど？」
春田「……承知いたしました。まずはこちらにご記入お願いします」
と、お客様シートを出す春田。

## 2　空き部屋・リビング（日中）

スリッパを丁寧に差し出す春田。

春田「どうぞ、お上がりください」
蝶子「ありがとう」
春田が部屋を案内する。
春田「ここは、駅から少し遠いんですが、バスの本数が沢山ありますし、大きな公園も近いので、とても人気の物件です」
蝶子「(興味なさげに)ふ〜ん……」
春田「ちなみに、お勤め先はどちらの方に……?」
蝶子「なんで!?」
春田「あ、いや……職場へのアクセスも家選びに大事かな……と思いまして」
蝶子「そうね、友人とセレクトショップをやってるの。まあ、通勤には車を使うから」
春田「そうですか。このマンションには共有のラウンジがございまして、お一人様も多いので住民の方同士の交流なんかも盛んみたいです」
蝶子「テラスハウスみたいね」
春田「あ、そうですそうです、やすらぎの郷みたいな感じで」
蝶子「はぁ!?」
春田「あ、あ、いや、失礼しました」

蝶子「他も見せてくださる?」
春田「もちろんです、あっ！　滑りやすいのでお足元お気をつけ下さい！」
蝶子「……ありがと」
丁寧な対応の春田に、満足げな蝶子。

## 3　天空不動産東京第二営業所・営業部・中(日中)

武川が接客テーブルを整理している時に、資料に気づく。拾い上げて……。
武川「春田は、外か?」
舞香「お客様と内見に出ておりますが、何か」
武川「これって……」
と、お客様シートを見せる。
そこには『黒澤蝶子』と書かれている。
舞香「あら、部長の奥様じゃない！」
武川「また来てる……」
舞香「(希望条件を見て)一人暮らし用の家を探してるってことは……ハッ、もしかして、別居?

離婚!?」
武川「まさか、部長のところに限って(それはないだろ)」
舞香「熟年離婚!?」
武川「いや、だから――」
舞香「皆さん、事件よ!!」
武川「バッ、でかい声だすなって。まだ分かんないだろ?」
舞香「きっとそうよ、そうに決まってるわ、ああ、どうしましょう!!」
と、動転してムダに資料をなぎ倒す。
そんなやり取りを聞いている牧。
牧「(聞いている)……」

×　×　×(牧の回想)

黒澤と牧が両手でがっちり掴みあう。
黒澤「あああぁあ……っ!!」
牧「うおおおおっ!!」
間に春田が入る!
春田「ちょ、二人とも!　……俺のためにケンカするのはやめてください!」

× × ×
牧「(困る)離婚って……」

## 4　路上(日中)

蝶子の荷物を持って歩いている春田。
春田「次の物件はそちらの角を曲がった所ですね……」
そこにおばあちゃんが地図を見ながらやってきて。
老女「すいません、北武蔵野公民館ってどこですかね?」
春田「ああ、北武蔵野公民館は広い道路に出て、左に歩くとバス停があるんですよ。そこで72番系統の天体科学センター行きに乗ってもらって……あ、バス停まで一緒に行きましょう。(蝶子に)ちょ、ちょっと待って下さい。すぐ戻ります!」
と、老女の手を引きながら歩いていく春田。
蝶子「……」
×　×　×(蝶子の回想)
天空不動産のホームページを見ている蝶子。

春田をロックオンして、そのプロフィールを見ている。特徴欄にお人好し、とある。
× × ×
歩き去る春田の後ろ姿を見て。
蝶子「春田創一……お人好し」

## 5 別の空き家(日中)

家の設備を案内している春田。
春田「こちらの物件はご年配の方でも駅から5分ぐらいですね。コンシェルジュサービスが、ご年配の一人暮らしを万全にサポートさせて頂いております。そして、こちらのキッチンはご年配の方にも——」
蝶子「ご年配ご年配うるさいっ」
春田「あ、すいません!」
蝶子「……ねえ、君」
春田「はい」
蝶子「君の会社にハルカさんっていう子、いる?」

春田「えっ!?」
蝶子「ハルカ」
春田「ハルカさんですか……いや、私どもの営業所にはいないですね」
蝶子「じゃあ本社にいないか、調べてもらえる?」
春田「?　お知り合いか、どなたかいらっしゃるんですか?」
蝶子「え?　ああ……そう、友達の娘さんが働いてるらしいんだけど、子供が生まれたみたいで、お祝いを贈りたいの」
春田「分かりました。あの、名字は……」
蝶子「あ〜、名字は変わったから分からないの。結婚して」
春田「そうですか。ちょっと聞いてみますね」
と、微笑む春田。
春田M「この時の俺は、戦慄の泥沼離婚騒動に片足を突っ込んでいる事に、まだ気づいていない」

**メインタイトル**
**『おっさんずラブ　第三話　君の名は。』**

## 6　天空不動産東京第二営業所・営業部・会議室

黒澤がメンバーの前で話している。
黒澤「前回のキャンペーンは、みんなのお陰で無事、目標を達成することができた！」
全員で拍手。話を聞いている春田、牧、武川、舞香、栗林。
黒澤「今月はまた本社からオーダーがいくつか降りて来ている。その中でわが営業所では、特にお一人様独身向けのマンションに力を入れていきたい……」
それを聞いている舞香と栗林。
舞香「お一人様……『様』をつけられても切ないわね」
栗林「ペット可のとこが多いっすよね」
舞香「ペット飼ったらもうおしまいよ」
武川「働く女性にきちんと情報が届くように、オフィス街での宣伝にも力を入れたい。栗林、サンドイッチマンをやってくれ」
栗林「えっサンドイッチマン!?」
武川「春田も付き合ってやれ」
春田「あ、はい……」

栗林「(苦笑)そんな、サンドイッチマンって、俺、どっちやればいいんすか」
春田「どっちって何だよ。いやいやお前、漫才するんじゃねえぞ!?」
失笑する牧たち。
栗林「(ハッとして)はあ？　ちょっと何言ってるか分かんないですけど」
春田「いやいや、なんで俺がスベったことになってんだよ。勘違いしたのお前だろ！」
笑いが起こる営業所。
黒澤「(微笑み)……」
牧「(黒澤を見て)……」
黒澤「じゃあ、この前のキャンペーンのお疲れ会は春田に任せていいんだよな？」
春田「はい、場所は皆さん、追って連絡します」
黒澤「ご苦労さん」
と言いながら、黒澤が出ていく。
黒澤がいなくなったのを確かめ、舞香たちが春田を取り囲む。
舞香「で、どうだったの？」
武川「どうだった？」
春田「え、え、何がすか？」

舞香　「案内してきたんでしょ、物件」
春田　「そうっすね、広めの1LDKをいくつか」
舞香　「どんな様子だった?」
春田　「なんかさっぱりした、良い感じの人でしたよ。まあ、いかにも仕事頑張りすぎちゃって、結婚するタイミングを逃したご婦人って感じでしたけど……」
武川　「いやいや、奥さんだから」
春田　「え?」
武川　「部長の奥さん!」
春田　「えええっ!?(周りを見て)ぶ、部長の奥さん!?」
舞香　「離婚のそぶりはあった?」
春田　「え?　いや?」
武川　「やっぱ、原因は部長の女性問題とか?」
春田　「!」

×　　×　　×(春田の回想)

黒澤　「俺は結婚していて、妻がいる」
春田　「……ですよね。そうですよね」

黒澤「だから……ちゃんとするまで、待ってほしい」
×　×　×
春田M「おれやん……」
舞香「え、それって、も、もしかして、不倫!?」
栗林「ドロドロ、フゥ〜!」
武川「だとしたら、相手は誰だよ……」
栗林「まさかこの営業所にいたりして?」
春田「!」
×　×　×(春田の回想)
蝶子「君の会社にハルカさんっていう子、いる?」
春田「—— いや、私どもの営業所にはいないですね」
×　×　×
春田M「おれやん……!」
舞香「ちなみに私ではありませんので」
武川「とりあえず春田、くれぐれも下手な真似するなよ?」
武川たち、去っていく。

春田M「マジか……部長の奥さんの家を一緒に探すって、離婚の後押しをすることになっちゃうの?……え?　ええっ?」
牧「じゃあ、俺は外に……」
ガシッと牧の腕を掴む春田。
春田「どうしよう、牧!」
牧「ちょ、なんなんすか!?」
春田「……」
×　×　×(春田の回想)
牧「……普通には戻れないです」
×　×　×
春田「なんだよ、結構普通じゃん!」
牧「はぁ!?」
武川「牧、ちょっといいか?」
牧「あ、はい!」
牧、春田の手を振りほどいて武川のもとへ。
春田「……」

## 7　居酒屋『わんだほう』・外観（夜）

春田の声「カンパーイ！」

## 8　同・店内（夜）

全員「カンパーイ！」
春田、牧、武川、舞香、栗林が飲み始めている。
カウンターの向こうではちずと鉄平が料理の準備をしている。
舞香「あれ、部長は？」
武川「ああ、なんか急に行けなくなったって」
舞香「あら、やっぱり奥さんと揉めてるのかしら（嬉しそう）」
武川「嬉しそうに言うなよ」
おしぼりで、テーブルを拭いている武川。
栗林「あー春田さん、ビール２本と、チャンジャ!!」
春田「なんで俺なんだよ」

栗林「え、幹事なんすよね？」
春田「いや、まあそうだけど。腹立つなぁ……」
空いた皿を重ねる春田。
舞香「家では全部、牧君にやらせてるんでしょ？」
春田「いやいや、俺もちゃんとやってますよ」
栗林「ん、ん、どういうことすか？」
舞香「二人、ルームシェアしてるのよね？」
牧「あ……はい」
栗林「へえ、めっちゃ仲良しっすね！」
武川「……楽しそうだな」
舞香「ね。若いって羨ましいわ」

**9　同・カウンター（夜）**

ちずと鉄平がカウンターの中で準備しているところに春田がやってくる。
春田「鉄平兄、オーダー！（メニュー見て）なんすか、すっぱカレーって」

鉄平「カレーにレモン汁とお酢が加わって、すっぱさと辛さがもう、口の中でカーニバルっていう」
春田「モツ煮下さい」
カウンターにぐったりする春田。
春田「あああ〜……(溜め息)」
ちず「出た、春田の疲れたアピール」
春田「いやあ……今日、部長の奥さんが営業所に来てさ……」
ちず「えっ、春田と部長のこと、バレた？」
春田「いや、まだ離婚を切り出されただけで、理由は知らないみたい」
ちず「……そりゃ部長さんも、全部は言えないんじゃない？」
春田「どういうこと？」
ちず「だって理由を言うってことは、カミングアウトをするってことじゃん」
春田「そっか……」
ちず「普通の不倫よりは重いわな」
春田「……確かに」
ちず「しかも相手は春田でしょ？　ないわー」

春田　「いやいや、そこは別にいいだろ」
ちず　「ないわー」

## 10　黒澤の自宅・リビング（夜）

蝶子　「何か言ってよ！」
と、クッションを黒澤の顔面に投げ付ける蝶子。
黒澤　「（言えない）……」
蝶子　「私は別れる理由を知りたいの……私の何が悪かった？」
黒澤　「いや、君が悪いんじゃない」
蝶子　「じゃあ、なんで？」
黒澤　「（言えない）……」
蝶子　「他に女ができたの？」
黒澤　「女じゃない」
蝶子　「そうなんでしょ？」
黒澤　「違う」

蝶子「(悲しい)……」
黒澤「(言えない)……」
蝶子「この30年、何だったの？　何でも言い合えるのが夫婦なんじゃないの？」
黒澤「……」
部屋に隠されたＩＣレコーダーがまわっている。
蝶子「あなたの口から本当のことが聞けないなら、こっちも探偵とか興信所に頼むしかない」
黒澤「(それはまずい)！　……蝶子」
蝶子「だって理由も分からないのに、はい離婚しますって、そんなに私、物分かりよくないわよ！」
黒澤「……」
蝶子「財産のことだってあるし、私にだってプライドがあるんだから」
黒澤「俺は……実は……俺は……(話せず)ぁああっ!!」
頭を抱え、苦悩する黒澤。

## 11　居酒屋『わんだほう』・店内(夜)

春田とちずがテーブルに料理を運んで来る。
ちず「ほら春田、空いたグラス。早く！」
春田「人使い、あら！」
舞香「二人はお付き合いしてるの？」
春田「いやいやいや、こいつはただの幼馴染みだから」
舞香「ええ～～！」
栗林「からの～!?」
春田「ないない、俺はもっとなんっていうか……顔がロリで、巨乳ちゃんが好きなんで」
舞香「そんなこと言ってもこういうのは結局、幼馴染みとくっつくんだから」
ちず「絶対ないです」
栗林「え、え、え、じゃあマジで俺、狙っていいっすか？」
ちず「えっ!?」
栗林「すいません、顔がドストライクです」
と、手をのばす栗林。
ちず「ありがと。私、褒めて伸びる子だから」
栗林「じゃ、連絡先教えてくださいよ！　振ってください」

ちず　「えっ？」
と、スマホをふるふるする栗林。
春田は二人が連絡先を交換しているのを見て、
春田　「(うんざり)……あれ、牧は？」
舞香　「さっき、武川さんと外に出ていったけど。何かしら、お説教？」
春田　「……」

## 12　同・表(夜)

春田が店の外に出ると、少し離れた所で、武川と牧が言い争っているのが見える。
武川　「(ゴミ箱を蹴って)説明になってないだろ！」
牧　「はい……すいません」
春田　「……？」

## 13　春田の自宅・リビング(夜)

帰って来た春田と牧。
**牧**　「風呂、先入っちゃっていいっすよ」
**春田**　「おう、サンキュ」
牧は牛乳などを冷蔵庫にしまっている。
そんな背中を見ている春田。
**春田**　「……何だった？　さっきの」
**牧**　「ん？　何がですか？」
**春田**　「なんか、武川さんと揉めてなかった？」
**牧**　「ああ、いや、そんな大した話じゃないんで」
**春田**　「何だよ水臭いな～……俺たちの仲じゃん。相談しろよ」
**牧**　「ありがとうございます。でもホント、大丈夫です」
牧、リビングを出て行く。
**春田**　「（なんか気になる）……」
春田のスマホが鳴る。
黒澤から『明日の仕事終わりに、少し宣伝戦略の話をしたい　黒澤』。
**春田**　「宣伝戦略……」

『承知しました』と返信する春田。

14　天空不動産東京第二営業所・営業部・中（日替わり・日中）

春田が栗林の体に広告を括り付けている。
栗林「うーわ、これ、超ダサいじゃないっすか」
春田「これがサンドイッチマンだよ。ほい、行ってこい！」
栗林「これ、知り合いに見つかったらマジ悲劇っすね」
春田「途中で外すなよ!?」
栗林、出ていく。
すると、春田のスマホにメッセージが届く。
黒澤蝶子から『お家のことで相談があります、外で会えないかしら？』とある。
春田「やべえ、奥様だ……気が重い」
牧「……俺も、一緒に行きましょうか？」
春田「え、いいの!?」
牧「（苦笑）はい」

そこにやってくる武川。
武川「牧！　なんだよこの報告書。縦書きは右綴じ！　横書きは左綴じって決まってるだろ！」
牧「あ、はい……」
武川「すぐにやり直せ！」
牧「（春田を見て）ああ……」
春田「ああ、いいよいいよ、俺は一人で」
牧「……すいません」
武川と牧、去っていく。
春田、その後ろ姿を見て。
春田「（心配）……」

## 15　オープンカフェ（日中）

オープンカフェにいる蝶子。
そこに、サンドイッチマン姿でパタパタしながら走ってくる春田。
春田「（息を切らせて）……すいません、ど、どうしました？」

春田は、サンドイッチ板を外しながら。
蝶子「君を見込んで、相談したいことがあるの」
春田「……え？」
蝶子「こんなこと恥ずかしくて言いたくないんだけど……実は主人から、離婚を切り出されたのよ」
春田M「知ってますぅ……！」
蝶子「私は、絶対他の女がいると思ってるんだけど、頑なに認めないの」
春田「はぁ……」
蝶子「たぶんこの前に話した、ハルカっていう女よ」
×　×　×（蝶子の回想）
蝶子「誰が好きなの……？」
黒澤「はる……たん」
蝶子「……はるか？」
×　×　×
春田M「それ、俺ですぅ……！」
蝶子「探偵を雇ってもいいけど、証拠を突き付けたらもう、別れるしかないじゃない？」

春田　「奥様としては、まだご主人とやり直したいと……」
蝶子　「……本当に優しい人だったのよ。結婚して30年、喧嘩もしたけど、私は仲の良い夫婦だと思ってた」
春田　「……はい」
蝶子　「今まで私に嘘なんてついたことなかったのに……だから、主人を変えてしまったハルカのことは絶対に許せない！」
春田　「(恐怖)……」
蝶子　「必ずハルカを探し出して、シメてやる！」
春田　「シメるって……(怖い)」
蝶子　「君には、ハルカ探しを手伝って欲しいの。協力してくれたらそのお家、契約するから。お願い！」
と、広告板を指す蝶子。
春田　「は、はぁ……」
春田のスマホにメッセージが届く。
春田　「!?」
見ると、『今晩8時、よろしくな。4月の歓迎会で使った居酒屋で待ってるお　黒澤』

春田「……」
蝶子「どうかした?」
春田「あ、いや(スマホしまって)はい、分かりました」

16　路上(日中)

サンドイッチマンの格好で、パタパタ音をさせながら、一人で歩いている春田。

春田M「ハルカ探しに協力……っつうか俺ですって言うべき? いや、でも俺は部長と付き合ってるわけじゃないしな……てか、俺が勝手にカミングアウトするわけにもいかないし……(自分を見て)いやマジで板挟みじゃん……」

そんな歩く春田の後ろ姿を見つめる人影——。

春田はふと、後ろに気配を感じる。

春田「(振り返り)!?」

そこには誰も居ない。

春田「(気のせいか)……」

と、歩き出す春田。

それを見つめる謎の人物の足下。
謎の人物「……」

## 17 天空不動産東京第二営業所・営業部・中（夕）

春田が戻ってきて、広告板を置く。
見ると、牧が大量の資料をパソコンに打ちこんでいる。
春田「……牧、手伝おうか？」
牧「いや、大丈夫です」
春田「手伝ったら半分で終わるじゃん」
牧「いいですいいです」
牧と武川の目が合う。
牧「（ハッとして）」
春田「だってこれ一人でやるの（大変だろ）」
牧「いいですって！」
春田「……」

× × ×

武川が資料棚を整理しているところに、同じように整理目的で資料を持ってやってくる春田。
春田「武川さん」
武川「(棚を見ながら)五十音順に並んでないと気持ち悪いんだよなあ。何?」
春田「あの……牧のことなんですけど。なんか、うまくいってないんですかね?」
武川「……ん?」
春田「いや、なんか最近、辛そうにしてるから」
ピリッとする武川。
武川「……牧が辛いって言ってるのか?」
春田「あ、いや、そうじゃないんですけど、俺のフォローが悪いのかなあって」
武川「いや、あいつはよくやってるよ。それより、お前は自分の担当はどうなんだよ」
春田「あ、はい、奥様には失礼のないように、対応してます」
武川「事情は複雑だが、大切なお客様には変わりない。いい物件を探してやってくれ」
春田「はい」
春田、去る。

　　猟奇的な目で見つめる武川。
武川「……」

## 18　同・春田のデスク周り（夕）

　　デスクに戻って来た春田。
春田M「なんだ……俺の勘違いか」
宮島「春田さん、黒澤様からお電話です」
春田「!?（電話を取り）もしもし？」

## 19　黒澤の自宅（夕）

　　手帳を見ながら電話している蝶子。
　　以下、適宜カットバックで。
蝶子「協力要請！」
春田「あ、はい、協力要請。なんでしょう？」

蝶子「主人を尾行したいの」
春田「……尾行？　どうして」
蝶子「あの人、家に手帳を忘れていったみたいなんだけど、今日の8時に予定が書いてあるの」
春田「あ、それはこれから私と……」
蝶子「デートって」
春田「で、で、デートですか!?」
蝶子「7時に本社前、いいわね」
春田「あ、あの、ちょっと(待って下さい)」
ブチッと電話が切れる。
春田「(呆然)デートって……!」

## 20　本社近くの路上(夜)

本社近くの物陰から、エントランスを見ている春田と蝶子。
春田「……部長、もうお帰りになったんじゃないですかね」
蝶子「いや、さっき業者のふりをしてオフィスに電話したら、まだいるって」

春田「そうですか……」
蝶子「あ、出てきたっ！」
黒澤がエントランスから出てくる。
蝶子「行くわよ！」
春田「は、はい！」

## 21 街中（夜）

街を歩く黒澤。
後ろをつけている蝶子と春田。
蝶子「！　家と反対方向。不倫相手の家にでも行くつもりね」
春田「ええ、どうなんですかね……」
春田M「どうする……どうしたらいいんだ、春田！」
ふいに、黒澤が振り向く。
蝶子、咄嗟に春田と腕を組む。
春田「！（目をそらす）……」

黒澤、また前を向いて歩き出す。

## 22　お洒落居酒屋・表（夜）

お洒落居酒屋に入っていく黒澤。
しばらくしてからやってくる春田と蝶子。
春田「あ～完全に見失っちゃいましたね……。今日のところは諦めましょう！」
蝶子「なんでよ、あの店に入ったじゃない」
見ると、外から見える窓際に座る黒澤。
春田Ｍ「……よりによって窓際！」
蝶子「あそこで女と待ち合わせして移動する気ね……いちいち腹立たしい！」
春田「お仕事じゃないですかね？」
蝶子「行くわよ」
春田「え、中に!?」
蝶子、居酒屋に入っていく。
春田Ｍ「尾行しながら、尾行相手と会うって……どう考えても無理だろ！」

## 23　同・蝶子テーブル（夜）

春田と蝶子は、黒澤から離れた入口付近の席に座っている。
蝶子「（時計見て）ハルカ……遅いわね」
春田「そうですね……」
ブンブン、スマホが鳴っている春田。
見ると、黒澤から『どこ?』『奥の席にいます』『窓際です』『大丈夫?』『おーい』『（寂しげなスタンプ）』等のメッセージが入ってきている。
蝶子「仕事?」
春田「あ、大丈夫です、はい」
蝶子「ちょっとお手洗い」
と、席を外す蝶子。
春田、蝶子を目で追って、電話をかける。
春田「（電話で）もしもし……春田ですけど。部長、すいません、今日ちょっと行けなくなってしまいまして……」
黒澤、いつの間にか春田の背後に立っている。

黒澤「いるじゃないか」
春田「うわぁあっ!!」

## 24 同・黒澤テーブル(夜)

春田と黒澤が同じテーブルで向き合っている。
黒澤「例の中間報告を、と思って」
春田「中間報告……?」
黒澤「妻には、きちんとこちらの意向を伝えようと思ってはいるのだが、現状はなかなか機会がなく、ペンディングの状態だ」
春田、蝶子がまだトイレから帰ってきていないことを確認して。
春田「……承知しました」
黒澤が春田の手をガシッと掴む。
春田「うわっ!」
黒澤「はるたん。会いたくて、会いたくて……震えちゃった!」
春田「ぶ、部長……だ、だめです!」

焦りながら、手を放す春田。
黒澤「ちゃんとするまで待ってとは言ったけど、ご飯ぐらいはいいかなと思って。いいよね？」
春田「は、はい……」
春田のスマホにメッセージが来る。
春田の背後、遠くに蝶子の姿がある。
以下、テーブルの下でスマホの操作をする動作に合わせて。
蝶子の声「何、バレてんの？」
春田の声「申し訳ございません！」
蝶子の声「早く戻って来なさいよ、ハルカが来るじゃない」
春田の声「あ、その件ですが」
蝶子の声「何？」
黒澤「はるたん」
蝶子の声「今、はるかって言った？」
春田の声「言ってないです」
黒澤「はるたん」
蝶子の声「なんって言ってる？」

黒澤「はーるたん」
春田「な、なんでしょうか！」
黒澤「ちょっと、お手洗いに」
と、黒澤が席を立つ。
春田「(安堵して)……」

## 25　同・蝶子テーブル(夜)

蝶子のテーブルに戻ってくる春田。
蝶子「君、何やってんの？」
春田「(息を切らせて)すみません……」
蝶子「ハルカが来ちゃうじゃない」
春田「その事なんですけど、なんか、ドタキャンされたみたいです」
蝶子「え？」
春田「さあ、今のうちに出ましょう！」
蝶子「ちょ、ちょっと！」

春田、蝶子の手を引いて、外に出ようとする。

## 26 同・トイレ（夜）

トイレから出てくる黒澤。

## 27 同・蝶子テーブル～外（夜）

春田と蝶子が、外に出ようとする。
その傍を、ゆっくりと通り過ぎる黒澤。
見つかりそうになるが、蝶子が会計で小銭を落とすなどして。
しゃがむ二人。
間一髪で気づかない黒澤。
それはスローな世界で……。

## 28 同・黒澤テーブル（夜）

黒澤がテーブルに戻ってくると春田はいない。
黒澤「……あれ？」
スマホにメッセージが着信する。
見ると、春田から『急用を思い出しましたので、帰ります。すみません』とある。
黒澤「（切ない）……」

## 29　春田の自宅・リビング（夜）

ぐったりとソファーに雪崩れ込む春田。
春田「あ――――疲れたー……」
気づくと、傍に立っている牧。
牧「……」
春田「!?　なに、どうした？」
牧「何、余計なことしてくれてるんですか？」
春田「……余計なことって？　何キレてんの？」
牧「武川さんに今日、俺がなんか困ってるって言いましたよね？」

春田「ああ……いや、なんか、最近、武川さんに絞られてんのかなあと思ってさ」
牧「だから？」
春田「いや、俺も一応先輩だし、なんか力になれることがあったらなって思って」
牧「いやいや、なんでそれを武川さんに言うんですか？（うんざりして）いや、マジ、デリカシー」
と、溜め息をつく牧。
春田「ほら、武川さんって潔癖なところあるからさ、あんま気にすることも（ないと思う）」
牧「ほっといてくださいよ、俺のことなんか!!」
春田「はぁ!?　俺、そんなに悪いコトしたか!?」
牧「はいはいもういいですマジで。ありがとうございました」
と、部屋に入っていく牧。
春田「（やり場のない怒り）……はぁ!?」

## 30　居酒屋『わんだほう』・店内（夜）

春田「……ちょっと聞いてくれよ～」

と、カウンターに座りながらちずに話しかける。
隣で飲んでいる栗林が振り返って。
栗林「らっしゃいまっせー！」
春田「なんでいんだよ！」
栗林「春田さんもこの店、ハマったんすか？　いい店っすよね」
春田「（イラッと）っていうか俺のテリトリー荒らすなよ」
栗林「すいません、ちーちゃんに会いたくなって、震えました」
ちず「いや、震えんなって（苦笑）」
栗林「イイ！　そういう感じも嫌いじゃないっすね……今度、俺とデートしてください！」
ちず「え〜どうしよっかなあ……」
春田「（うんざり）今日はいいや、帰ります」
鉄平、春田の気持ちに気づいて。
鉄平「ちょっと新作メニュー、食べてってよ」
春田「また今度にします」
鉄平「頼むよ、春田」
と、鉄平が春田の腕を掴む。

鉄平「なっ」
春田「……」

## 31　黒澤の自宅・風呂場（夜）

強いシャワーを浴びている黒澤。
それはまるで滝行のよう。

## 32　同・リビング（夜）

黒澤の上着の匂いを嗅ぐ蝶子。
蝶子「……異常無し」
×　×　×
黒澤のカバンの中を探っている蝶子。
蝶子「……異常無し」
×　×　×

財布の中からレシートを取り出し、テーブルに広げてスマホで写真を撮る。
蝶子「……あ、ムービーだった(慌てる)」
× × ×
更にカバンの中を探すと、日記帳のようなものが出てくる。
蝶子「……え?」
流れるシャワーの音が響いてくる。
鬼の形相に変化していく蝶子。

## 33 居酒屋『わんだほう』・店内(夜)

鉄平と春田がカウンターの隅で話している。
春田は『手羽先のキャラメルソースがけ』を食べている。
鉄平「またケンカ? ……牧君ってこないだお疲れ会にいたヤツだろ?」
春田「まあ、俺は良かれと思ってやったことなんですけどね。甘っ、何ですかこれ」
鉄平「手羽先のキャラメルソースがけ、どう?」
春田「……人間不信になりそうな味です」

鉄平　「いや信じて信じて、人間！」
ちずがやってきて。
ちず　「なんか痴話喧嘩にしか聞こえないけど」
春田　「いや、俺はマジでムカついてるから……マロは？」
ちず　「なんか、電話掛かってきて外行った」
春田　「どうなんだよ、すげえ気に入られてんじゃん」
ちず　「遊びじゃん？」
春田　「いや、本気だろあれ」
ちず　「何、妬いてんの？」
春田　「んなことあるか貧乳！」
ちず　「いや、見たことないでしょ」
春田　「見なくても分かるわ」
そんな春田に電話が掛かってくる。
春田　「!?」
ちず　「牧君？」
春田　「……いや」

スマホのディスプレイには『黒澤蝶子』。
春田M「ついにバレた……!?」
青ざめる春田。

## 34　ファミレス・店内(夜)

駆け込んで来る春田。
春田「(息を切らせて)……」
店員「何名様ですか?」
春田「(息を切らせて)待ち合わせです!」
店員を追い抜いて蝶子を探す春田。
蝶子が自分の席から、窓の外を眺めている。
蝶子「……」
春田「奥様……」
蝶子「(涙ぐみ)ダメだった……あの人、やっぱり不倫してた」
春田「(ドキッ)え、なんで分かったんですか……」

## 35　黒澤の自宅・リビング（夜）

シャワーから上がって来た黒澤。
誰も居ないことを不審に思う。
黒澤「……蝶子？」
蝶子の声「あの人のカバンからね――」
ふと、テーブルの上を見ると『はるたん観察日記』がおかれて、傍には『長い間、お世話になりました　蝶子』と、走り書きのメモが添えられている。
黒澤「……！」
蝶子の声「不倫相手との日記が出てきたのよ」

## 36　もとのファミレス・店内（夜）

春田と蝶子が話している。
春田「日記……そ、そこにはどんなことが」
春田Ｍ「おい、そんなこと聞いてどうする！」

蝶子「詳しくはまだ読んでないけど……はるたんがどうしただの、はるたんがどうなっただの……はるたんはるたんって……！」
春田「……そうですか」
蝶子「（泣いている）……『たん』って何！」

**37　路上（夜）**

走る黒澤、あたりを見回しながら。
黒澤「（息を切らせて）……蝶子」
再び、走り出す黒澤。

**38　ファミレス・店内（夜）**

春田と蝶子が話している。
蝶子「心のどっかではあの人のこと、まだ信じてた……でも、こうなったらこっちが引くしかないのかな」

春田「……引く?」
蝶子「訴えてやるとか、絶対許さないって思いはあったけど……でも主人の幸せを考えたら……そんなに、そのはるたんとやらが好きなら……」
春田「いや、でも、うーん……」
蝶子「……何よ」
春田「ん……やっぱ、何も言わずに身を引くのは間違ってると思います」
蝶子「私にだってプライドがあるのよ! 他の女に取られたからって、しがみつきたくないの!」
春田「分かります。でも……奥様の正直な気持ちを、ちゃんと部長に伝えるべきだと思います。だって、30年間一緒に暮らした夫婦じゃないですか」
蝶子「……」
春田「部長は現実から背を向けるような、卑怯な男じゃないと思うんで」
蝶子「……君って、本当にお人好しね」
春田「いや違うんです、俺は……(涙こぼれ)俺はお人好しとか、いい人なんかじゃないんです」
と、泣いている春田。
蝶子「(泣いて)なんで君が泣いてるのよ」

## 39　路上〜ファミレス（夜）

走っている黒澤。
立ち止まり、息を整える。
黒澤「（息を切らせて）……!?」
ファミレスの明かりを見ると、春田と蝶子が話しているのが見える。
黒澤「蝶子……」

## 40　ファミレス・店内（夜）

黒澤が入って来る。
黒澤「（息を切らせて）蝶子！」
春田「!?　ぶ、部長！」
蝶子「……」
黒澤「（息を切らせて）蝶子……これは一体？」
蝶子「家を借りる相談に乗ってもらっただけよ」

黒澤「いやいや……こんな夜中におかしいだろ。(春田に)泣いてるじゃないか、何かしたのか!?」
キッと春田を睨む黒澤。
春田「いやいやいや、俺は違います!」
蝶子「あなたに言いたいことがあるの」
黒澤「俺もだ」
春田「(ハッと、雲行きの悪さを感じ取り)……あ、じゃあ、はい、私はこのへんで」
黒澤・蝶子「待って」
と、両方から手を掴まれて、席に戻される。
春田「ええっ……」
蝶子「離婚の理由を知りたいの……私のこと、嫌いになっちゃった?」
黒澤「ちがう。蝶子のことは大切に思ってる。それは30年前から変わらない。でも……好きな人ができたんだ」
蝶子「……」
黒澤「……すまない」
蝶子「相手は『はるたん』でしょ?」

黒澤「(うなずく)……」
蝶子「どこの子なの?」
黒澤「(春田をチラッと見る)……」
春田「(目をそらす)……サラダバー、取ってきます」
と、立ちあがろうとする春田。
黒澤「行くな!」
春田「(止まる)!」
蝶子「ねえ、ハルカさんとは別れられないの?」
黒澤「ハルカ? ……ハルカじゃない。はるたんだ」
蝶子「どっちでもいいわよ、そんなの!!」
春田「もうやめましょう、部長も、奥様も」
蝶子「どこの女よ!」
黒澤「女じゃない!」
春田「!!」
蝶子「!?」
黒澤「(絞り出すように)はるたんは……女じゃないんだ!!」

蝶子「はぁ?」
黒澤「はるたんは……男だ」
蝶子「(苦笑)え、ちょ、意味が分からないんだけど」
黒澤「……ずっと言えなくて、すまない」
蝶子「え、男って、え!?」
春田「(硬直)……」
黒澤「蝶子のことは大切だが、だからこそ……本当の俺を知って欲しい」
春田「(嫌な予感)……」
黒澤「俺が好きなのは……」
ぐっと春田を引き込み、まっすぐ蝶子を見据えて。
黒澤「彼なんだ」
蝶子「えっ!?(春田と黒澤を交互に見て)……まさか」
春田「……」
蝶子「き、君の名は……」
春田「(自分を指して)……はるたんです」
蝶子「ぇえええええっ!!!」

第四話に続く

# #4

## 第三の男

## 1　ファミレス（続き・夜）

春田、黒澤、蝶子が向き合っている。
蝶子「き、君の名は……」
春田「（自分を指して）……はるたんです」
蝶子「ぇえええええっ！！！」
春田「はるたんこと……春田創一です」
蝶子「えっ……は、はる、はる、はっ……」
黒澤「（蝶子に）君には、感謝してる」
蝶子「……え、これって不倫？　はる、は、えっ、男、え!?　ちょっとよく分からないんだけど、夢？　ドッキリ？」
蝶子、水を飲もうとするが、震えてコップがうまく持てない。
春田「奥様、落ち着いてください」
と、春田は蝶子の手を握ろうとするが、払われる。
蝶子「やめて！」
春田「！」

蝶子「……君どういうつもり？　わ、私を騙してたの？」
春田「いや、そんなことは……」
蝶子「なんで言ってくれなかったの!?　私が色々悩んでるとき、心の中で笑ってたわけ？」
春田「いえ、違います」
蝶子「爆笑してたんでしょ!?」
と、おしぼりを投げ付ける蝶子。
黒澤「やめないか蝶子！　悪いのは俺だ」
蝶子「(息を切らして)いつからなの？　ねえ、いつから!?」
春田「いつからっていうか、あの、まだ始まってないです」
蝶子「はぁ!?」
春田「本当にまだ、何も。まだっていうか」
蝶子「え、は!?　え、は!?　始まってないって何!?」
黒澤「君とのことを、ちゃんとしてからだと思ってる」
春田「いや、それも違うんです！」
蝶子「分かんない分かんない……あー分かんない」
無意味に、メニューを開いたり閉じたりする蝶子。

蝶子は店員を呼ぶボタンを押して。
**蝶子**「(ハッとして)卵買わなきゃ。帰ります」
**黒澤**「蝶子」
**蝶子**「もうこんな時間。スーパー閉まっちゃう」
蝶子、慌ただしく店を出ていく。
**黒澤・春田**「……」

## 2　春田の自宅・リビング(日替わり・朝)

スーツ姿の牧が、出社の準備をしている。
そんな中、春田はパジャマ姿で食パンを食べている。
**春田N**「これまで真面目に生きてきた俺の人生。かつてこんな修羅場に遭遇したことがあっただろうか」
×　×　×(前日の新規回想)
ファミレスにて、黒澤と春田が続きの会話。
**黒澤**「(頭を下げて)変なところを見せて悪かった。ちゃんと妻とは話をするから、待っててくれ」
春田「頭を上げて下さい。いや、そう仰られても（一体何を）」
ガッと手を握られる春田。
春田「（ビクッ）！」
黒澤「……すまん」
春田「部長。僕は、奥様のことを考えると心が痛みます。どうか奥様とのこと、考え直してもらえないで（しょうか）」
パシャッ！とフラッシュが焚かれる。
黒澤・春田「!?」
ファミレスの窓の外を見ると、蝶子がスマホを向けて、手を握り合った二人の写真を撮っている。
春田・黒澤「（まずい）……」
×　×　×
春田、食パンを食べながら。
春田M「あああ、俺はこの先、一体どうなるんだ、春田！」
牧がキッチンで背を向けて準備をしている。

牧　「（準備している）……」
春田M「相談しようにも、牧も怒ってるし……」
×　×　×（春田の回想）
牧　「ほっといてくださいよ、俺のことなんか!!」
春田「はぁ!?　俺、そんなに悪いコトしたか!?」
牧　「はいはいもういいですマジで。ありがとうございました」
×　×　×
頭を抱える春田。
そこに、ドンッと弁当が置かれる。
牧　「作り過ぎちゃったんで。良かったら」
春田「……あ、おお、サンキュ」
牧　「じゃあ、先に行きます」
と、牧はそっけなく出ていく。
春田「……」

## 3　天空不動産東京第二営業所・営業部・中（昼休み）

春田、手作り弁当を食べながら、パソコンのデータベースで物件情報をチェックしている。
そこに舞香がスッと傍にやってきて。
舞香「奥様の件はどうなったのかしら」
春田「うわ、びっくりした……！　いや、まだ引き続き物件を探している所です」
舞香「そうなのね。別に、夫に捨てられてざまあみろとか、人の不幸を願っているわけじゃないのよ。うふふふ」
春田「めちゃくちゃ願ってるじゃないですか」
舞香「そのお弁当は何？　ちずちゃん？」
春田「あいつはそんなのできないですよ。牧がついでに作ってくれて」
舞香「あら、まるで奥さんみたいね、牧くん」
武川「（春田を見る）……」
栗林「っしゃー！」
と、スマホを持って立ちあがる。
一同「（見る）？」
栗林「春田さん、週末にちーちゃんと夢の国に行ってきます！」

春田「……お、おう。てか週末って、新婚さんの内見入ってなかった?」
栗林「ああそれ、牧さんに変わってもらったんで」
春田「(呆れて)お前……」
栗林「切替って大事っすよ。働き方改革って知ってます?」
春田「知ってるわ!」
栗林「ワークライフバランス」
春田「だから知ってるって」
舞香「(ピーッと笛を吹くなどして)はい、それ以上はパワハラです」
春田「はぁあっ!?」
宮島が春田のもとにやってきて。
宮島「春田さん、今週の新規物件です」
と、物件情報のファイルを春田に渡す。
春田「お、おう、サンキュ」
春田はパソコンに向かって情報の登録作業を始める。
春田M「なんだよ……別にちずとデートなんか勝手にしろっつうの……だいたいどいつもこいつも……面倒くせえ」

と、そこにマウスを持つ手にそっと重ねられる手。
春田M「なっ!?」
振り返ると、手を重ねているのは──武川だ。
武川「そこの区分は、木造じゃなくて、鉄筋だろ?」
しっかり手と手が重ねられているマウス。
春田のマウスが縦横無尽に動かされ……。
春田「……え?」
武川「(微笑み)……」

**4　同・同・中(日中・点描)**

武川のもとに呼ばれている春田。
春田M「その後も、武川さんには大した理由でもないのに呼ばれ──」
武川「この文字サイズ、8ポイントじゃなくて10ポイントにしてくれ」
×　×　×
春田がトイレに立っていると、傍に立つ武川。

春田「……お疲れ様です」
武川「……」
×　×　×
春田がトイレに立つと、傍に立つ武川。
春田「！」
武川「……」
春田Ｍ「偶然にしては多すぎる、連れションン」
×　×　×
春田と武川、顔をくっつける勢いで一緒にパソコン画面を見ている。
武川「(囁くように)なんで半角と全角の数字が混じってんだ……おかしいよな？」
春田Ｍ「そして近すぎる顔」
春田「は、はい。すぐ直します」
武川「うん」
春田Ｍ「神様。この状態を僕は、どのように解釈したらいいのでしょうか」

**メインタイトル**

『おっさんずラブ　第四話　第三の男』

## 5　居酒屋『わんだほう』・店内（夜）

カウンターで飲んでいる春田。相手をしているちずと鉄平。
春田「モテ期!?」
ちず「うん。でも人生に三回あるとしたら春田の場合は私の知る限り、小五の時、高一の時、そんで今だよ」
春田「やめろよ。今、女子一人もいねえし！」
ちず「好かれてるだけ感謝しな？」
春田「（頭ぐしゃぐしゃと）ああもういやだ……あ、お前、週末マロとどっか行くんだろ？付き合うの？」
ちず「いや、別に出掛けるぐらい普通でしょ」
春田「お前にああいうチャラいのは合わないと思うけどなぁ」
ちず「後輩の悪口？　ちっさ！」
春田「休みの日ぐらい、ちょっとは店、手伝ってやれよ」

そこに鉄平がやってきて。
鉄平「春田。急な話だけど、わんだほう、今月いっぱいで閉店することになったんだよ」
春田「ええっ!? え、マジで!? ええ!?」
ちず「ホントホント」
鉄平「まあ、閉店って言っても、潰れるわけじゃないけどな。リニューアルするんだわ」
春田「なんだ……良かった、それ早く言ってよ」
鉄平「だから今度閉店パーティやろうと思ってさ、会社のみんな連れて来いよ」
春田「あ、いいんですか? 言っときます」
ちず「なんかここら辺ぜーんぶ潰してタワーマンションを建てるんだって」
春田「へえ……」
鉄平「その一階のテナントに入るから、ここよりも広くなるんだよ。隅っこにライブスペースを作ろうと思ってさ」
春田「おお、いいっすね。鉄平兄のバンドもそこでやれるじゃないっすか」
鉄平「荒井鉄平38歳、やっと俺にも運が廻ってきたってわけよ……あ、ごめん、メロディ降りて来た。(ICレコーダーに)満員電車に揺られるサラリーマンたちぃいい!!!取引先にはすいませんすいませんと頭を下げぇええ!!♪」

春田　「(微笑ましく見て)……」

## 6　同・表(夜)

店から出てきた春田とちず。
わんだほうの外観を眺める春田。
春田　「なんか寂しいなあ……取り壊しちゃうなんて」
ちず　「私は反対したんだけどね。兄貴が勝手に決めちゃった」

×　×　×

歩いている二人。
春田　「……なあ、ちず」
ちず　「ん?」
春田　「閉店パーティでさ、頼みたいことがあるんだけど」
ちず　「やだ!」
春田　「まだ何も言ってないじゃん」
ちず　「なんか悪い予感しかしない」

春田「……俺の彼女のふりをして欲しいんだよね」
ちず「ほらーそういうことだと思った」
春田「そしたら、みんな俺のこと諦めてくれると思うんだよ」
ちず「なにそのモテ男発言」
春田「一日だけでいいから、頼む！」
ちず「やだ！」

## 7 黒澤の自宅・玄関〜キッチン（夜）

帰宅する黒澤。
黒澤「……ただいま」
そのままキッチンへと歩いていくとサク、サク、サク……と音が聞こえてくる。
黒澤「？」
見ると、キッチンで無表情のまま大量のキャベツを刻んでいる蝶子。
黒澤「！」
蝶子「（淡々と切っている）……」

黒澤「蝶子……」
黒澤、恐る恐る近づいていく。
×　　×　　×（黒澤のフラッシュ）
蝶子「……え、これって不倫？　はる、は、えっ、男、え!?　ちょっとよく分からないんだけど、夢？　ドッキリ？」
×　　×　　×
蝶子、水を飲もうとするが、震えてコップがうまく持てない。
黒澤「……何、今日はトンカツ？」
蝶子は反応せず、無表情でキャベツを刻んでいる。
蝶子「（淡々と切っている）……」
黒澤「お替わり自由な感じ？」
蝶子「（淡々と切っている）……」
黒澤「（怖い）……」

## 8　路上（日替わり・日中）

サンドイッチマンをしながら、行き交う人にチラシを配る春田と牧。
人通りが途切れて、立ったまま二人で話している。
牧　「タワマン?」
春田　「そう、今度その一階にわんだほうが入るんだって」
牧　「不動産会社はどこなんですか?」
春田　「あ、聞いてないけど」
牧　「タワマンとなると、あの辺は昔からの地主も多いし、買収するのも大変だったでしょうね」
春田　「ああ〜……確かにな」
蝶子の声「一枚下さる?」
春田　「!」
見ると、そこに立っているのは蝶子。
春田　「……あ、奥様!」
蝶子　「(チラシを受け取り)」
春田　「(ドキドキ)……」
蝶子　「あなたを訴えます」

春田　「えっ、ええええっ!?」
蝶子　「あなたさえいなければ、夫は私の元から離れなかった……あなたが30年の夫婦生活をいとも簡単に壊したのよ」
春田　「奥様、ちょ、ちょっと待ってください。僕は何も……」
蝶子　「この、破壊神！」
蝶子、両手でバンッと春田を押す。
春田　「うわぁっ！」
サンドイッチマンのまま、バランスを崩して春田は転倒する。

## 9　天空不動産東京第二営業所・営業部・中（時間経過・日中）

牧が薬箱から絆創膏を出して、春田に渡す。
春田　「おう、わりい」
春田は自分で膝の傷口を対処している。
牧　「大丈夫そうですね」
春田　「まあ、かすり傷だし」

そこにやってくる武川。
武川「どうした」
春田「いや、ちょっとバランス崩して転んじゃって」
武川「先にちゃんと洗わないと、ばい菌を擦り込んでるようなもんだぞ」
春田「えっ……あ、すいません」
武川「やってやろうか」
春田「あ、いいです」
武川「やってやるよ」
春田「いや、いいです自分でやりますから」
武川「……イヤなのか!?」
春田M「何なんだよ……武川さん、あんたの目的は何なんだよ!」
武川「(牧に)15時からの会議資料、6部ずつカラーで印刷しといてくれ」
牧「はい」
と、牧は去っていく。
武川が春田の前に跪き、消毒液を大胆にかけていく。
武川「……」

春田「(滲みて)ウッ……!!」
武川「ルームシェアしてるんだってな。どうせ面倒なことは牧に全部やらせてんだろう?」
春田「あ、ええ、あ、はい」
× × ×(春田の回想第三話)
舞香「ルームシェアしてるのよね?」
牧「あ……はい」
武川「……楽しそうだな」
× × ×
春田「……」
武川「メシはどうしてんだ?」
春田「ああ、大体、牧が作ってくれてます」
武川「へえ……どんな?」
武川、ガーゼで傷口を大胆に拭いていく。
春田「(滲みて)ウウアアッ!!」
武川「……」
春田「(ハッとして)……」

春田　×　×　×（春田の回想第二話#7）
「突然なんっていうか、キスされて――　でも実はその、男女じゃなくて、男同士なんですよ」
武川　×　×　×
「ふーん……」
春田M「あれ、キスの相手が牧だってバレてるのか？……え⁉　じゃあまさか、嫉妬⁉　なに？ということは、武川さんは俺が牧と暮らしていることに、嫉妬してるのか⁉」
×　×　×（春田の回想）
武川「牧、ちょっといいか？」
×　×　×（春田の回想）
武川「（ゴミ箱を蹴って）説明になってないだろ！」
×　×　×（春田の回想）
春田「え、いいの⁉」
そこにやってくる武川。
武川「牧！　なんだよこの報告書」
×　×　×（春田の回想）

春田はふと、後ろに気配を感じる。
春田「(振り返り)!?」
そこには誰も居ない。
それを見つめる謎の人物の足下。
それは——武川である。
武川「……」
× × ×
春田M「マジか……牧に厳しく当たってたのは、俺をめぐる恋敵だからか!」
恐ろしくなる春田。

**10 居酒屋『わんだほう』近くの路上(夕)**

創業の古そうな店の前に来ている牧。
牧「……ごめんくださーい」
牧、店の中へ入って行く。

## 11　天空不動産東京第二営業所・中（夕）

舞香「はい、これで全部」
と、出欠の紙を持って春田のもとへやってくる。
春田「あ、ありがとうございます」
春田、見ると『わんだほう閉店パーティ　出席します　欠席します』で、出席に多数○がついている。
春田「……」
舞香「新しい出会いはあるかしら。ふふふ。それじゃお先に」
と、帰っていく舞香。

## 12　春田の自宅・リビング（夜）

春田と牧が食事をしている。
春田「（手をつけず、溜め息）……」
牧「濃かったですか、味付け」

春田「……いや」
牧「奥様のことですか？」
春田「あ、ああ……そうだ(それもあった)。訴えるって、民事ってこと？　刑事じゃないよな？」
牧「ああ……奥さん、本気じゃないと思いますよ」
春田「え、マジ？」
牧「だって、実際付き合ってるわけじゃないんですよね」
春田「お、おう。付き合ってない。付き合ってない」
牧「だったら別に、訴えられる筋合いは無いじゃないですか。引き金を引いたのは春田さんかもしれないけど、結局は夫婦の問題ですよね」
春田「……え、それ絶対、大丈夫？」
牧「(食べながら)物事に絶対はないです」
春田「あの奥さん、何するか分かんないしな……」
牧「まあただ、春田さんも部長に対して、曖昧な態度を取ってるのは良くないと思います」
春田「曖昧？　俺はハッキリしてるよ、気持ちは。何も揺らいでねえから」
牧「でもそれ、部長にちゃんと伝わってますか」
春田「……それは」

牧　「付き合う意思はない、恋愛対象としては無いって、ちゃんと言いましたか？」
春田　「……」
牧　「ハッキリ言わないことは、優しさでも何でもないですよ」
牧、食器を下げる。
春田　「……」

**13　居酒屋『わんだほう』・店内（日替わり・夜）**

春田、黒澤、牧、武川、舞香、ちずがいる。
栗林が乾杯の音頭を取っている。
栗林　「じゃあ皆さんいいですか、はい、わんだほ〜！」
全員　「わんだほ〜！」
と、乾杯する春田たち。
武川は春田の隣に陣取っている。
春田　「（気づく）！」
武川　「（不敵な笑み）わんだほ〜」

と、グラスを重ねてくる武川。
×　×　×
店の片隅で、春田がちずにメモを渡している。
ちず「(メモを見て)え、これをやるの!?」
春田「彼女らしいこと、あんまり思いつかなかった」
ちず「人前でこういうことする女、大っ嫌いなんだけど」
春田「頼む！　今日だけ！」
ちず「焼肉おごって貰わないと割に合わない！」
春田「分かった分かった」
×　×　×
食べ物をテーブルに運んでくる春田とちず。
春田「はい、鉄板焼きお待たせ〜」
ちず「お待たせしました〜」
春田「熱っつ！」
ちず「あ、大丈夫!?」
春田「平気平気」

ちずが春田の手を握ってフーフーする。
春田「あ、痛いの消えてきた」
栗林「ちょっとちょっと、なんすかなんすかあ！」
武川・牧「……」

×　×　×

カウンターで一人飲んでいる黒澤。
春田がグラスを下げにやってくる。
黒澤「おいしいよ。生クリームレバー丼」
春田「あ、それは良かったです」
黒澤「妻が何か、迷惑かけてないか」
春田「……いや、はい、大丈夫です」
黒澤「ちゃんと話すから」
春田「あの、僕も部長にきちんとお伝えしたいことがあります」
黒澤「……」
春田「今度、お時間いただけませんか」
黒澤「分かった」

そこにいきなりやってくるちず。
**ちず**「あ、春田、口の周りついてるよ」
**春田**「え？　とれた？」
**ちず**「もう〜」
と、ちずが春田の口の周りを強く拭く。
**春田**「痛ッ!!　おま、もうちょっと丁寧にやれよ」
**ちず**「はぁ!?　もうやだ一人でやって」
と、去っていくちず。
**春田**「ちょっと待てよ！」
と、腕を掴む春田。
バランスを崩して、倒れるちず。
咄嗟に抱きかかえる春田。
春田とちずが近い距離で見合う。
**春田**「……」
**ちず**「……」
その時『ビール2つー！』と、声がする。

ちず　「は、はーい！」
ちず、春田を引き剥がし去っていく。
それを見る春田。
そして、遠くから見ている黒澤。
黒澤　「（切なく）……」

×　×　×

席に戻ってくる春田。
舞香　「猿芝居は終わった？」
春田　「！　え、バレてたんですか？」
舞香　「周りは騙せても、私の目はごまかせないわよ」
春田　「マジか……」
舞香　「ところで私、新しい恋を始めました」
春田　「……え、誰ですか？」
舞香　「あの方」
と、指した先に鉄平の姿。
春田　「鉄平兄ですか」

舞香「うふふ。恋のオーダーしちゃおうかしら、すいませーん」
弾みで、春田の箸が落ちる。
春田「あっ……」
春田、しゃがむとテーブルの下で、手を繋いでいるのが見える。
春田M「えっ!?」
テーブルの上を見ると、武川と牧である。
春田M「えっ!?」
テーブルの下を見ると、やはり手を繋いでいる。
春田M「えええええっ!?　ウソだろ……!?」

## 14　路上（夜）

一人、歩いている春田。
春田M「え、何、あれ」

## 15　春田の自宅・リビング（夜）

鏡で自分の顔を見ている春田。
春田M「なんか俺、すごい動揺してんだけど」

## 16 同・リビング(夜)

エアコンのリモコンをテレビに向ける。
春田M「あ、つまり武川さんは俺じゃなくて、牧だったたってこと!?　ええっ!?　っていうか、牧も、俺じゃないの!?　え、勘違い!?　春田勘違い!?」
牧「あ、春田さん」
春田「!　あ、何!?」
牧「あの……ちょっと話があるんですけど」
春田「あ、明日でもいい?」
牧「……あ、はい。じゃあ、おやすみなさい」
と、牧は部屋に入っていく。
春田M「なんだ……なんで胸がザワついてんだ、俺」
と、胸に手を当てる春田。

## 17　天空不動産東京第二営業所・営業部・中（日替わり・日中）

棚の資料を整理している春田。
春田「ダメだ……全然集中できない」
×　×　×（春田のフラッシュ）
テーブルの下で手を繋いでいる牧と武川。
×　×　×
春田M「いや、別にいいんだけど。うん、別に……」
宮島「春田さん。３番にお電話です」
春田「はい！」
デスクに戻って来た春田が電話に出る。
春田「（電話で）東京第二営業所・春田です……鉄平兄!?」

## 18　居酒屋『わんだほう』・表（日中）

『わんだほう』にやってきた春田と牧。

業者によってテーブルや椅子などの荷物がどんどん運び出されている。
春田・牧「!?」

## 19　同・店内（日中）

店に入ってきた春田と牧。
業者がどんどんと中の物を運び出している。
その流れで鍋や皿、火元責任者『荒井鉄夫』のプレートが春田に渡される。
春田「ちょちょ、これ、どういうことですか？」
鉄平「春田……どうしよう、俺騙された！」
春田「え？」
鉄平「タワマンが建つのはいつぐらいかって確認したら、そんな予定はねえって言うんだよ」
春田「えっ!?　どういうことですか!?」
鉄平「そもそもそんな話をした覚えは無いって……でも俺は確かにこの耳で聞いたんだよ！」
牧「やっぱり……」
鉄平・春田「!?」

春田「なんだよ」
牧「いや、まさかとは思ったんですけど……俺、周りの店に聞いてみたんですよ」
×　×　×(牧の新規回想)
店主に話を聞いている牧。
店主「タワーマンション!?　そんな話聞いたことねえよ」
牧「じゃあ、ここを立ち退くというような話は……」
店主「ないない！」
×　×　×
牧「ここの裏通りはウチが管理してるので……おかしいなと思って」
春田「早く言えよ、それ！」
牧「言おうとしましたよ！　春田さんが聞こうとしなかったんじゃないすか！」
春田「……」
鉄平「ヤベえよ……俺はこの店をタダ同然で手放す契約にサインしちゃった」
と、契約書の控えを見せる。
春田「マジすか……」
鉄平「ああ、すまん、こんな時に歌が降りて来た。(ＩＣレコーダーに)♪海よぉ!!　波よぉお!!」
春田　「いやいや、今歌ってる場合じゃないっすよ」
鉄平　「だよな、どうする、春田ぁ〜!」
春田　「牧ぃ〜!」
牧　「いやマジ、やめろ!」

## 20　春田の自宅・リビング(夜)

春田と牧は契約書の控えを見ながら。
牧　「詳しい契約内容を見てみないと分かんないですけど、なかなか厳しい状況ですね」
春田　「ん……そうだよなあ」
牧　「真堺コーポレーションなんて聞いたことないですし、騙された可能性は高いと思います」
春田　「あぁぁ……ちず、大丈夫かなぁ?」
牧　「え?」
春田　「(頭抱え)……こんな時、俺は何もしてやれねえ……」
牧　「(切ない)……」

ピンポーンと玄関チャイムが鳴る。
×　×　×(僅かな時間経過)
ボストンバッグを持って入ってくるちず。
ちず「ごめん、少しの間泊めて」
春田「お、おう、大変なことになったな」
ちず「ホントバカ、うちの兄貴。超絶バカ」
春田「鉄平兄は?」
ちず「知らない。バンド仲間のとこにでも転がりこんでんじゃない?」
牧がスリッパを持って来る。
牧「ちずさん、(スリッパ)どうぞ」
ちず「ありがとう。ごめんね、ソファで寝るから。春田が」
春田「なんでだよ!」
ちず「焼肉は諦める。私ベッドじゃないと眠れないんだ」
と、ちずは春田の部屋に入っていく。
春田、それを見て。
春田「何様だあいつ!」

## 21　同・ダイニング（時間経過・夜）

ちずの食事がテーブルに並んでいる。
ちず「えっ、これ牧くんが作ったの⁉」
牧「……残り物で作ったんで、手抜きですけど」
春田「お前、この家に棲みつくなよ？」
ちず「いただきまーす（食べて感動）ん――っ!!　ヤバい！　美味しい！」
牧「ありがとうございます。寝巻きはベッドの上に置いてます」
ちず「牧くん！　ちょっとあんたプロの執事になれるよ！」
牧「え？」
ちず「こんな所にいるのが勿体ないくらい！」
牧「（照れ笑い）」

## 22　同・リビング（時間経過・夜）

間接照明で薄暗いリビングに、春田と寝巻き姿のちずがいる。

牧は自分の部屋にいる。
ちず「なんだかんだ、うまくいってそうじゃん」
春田「え?」
ちず「牧くんと」
春田「いやいや……」
ちず「私はお似合いだと思うけど」
春田「俺はさ……」
ちず「ん?」
と、ふいに見つめ合う二人。
春田「いや、なんでもない。牧……武川さんと、手繋いでた」
ちず「え、マジ!?」
春田「うん」

**23 同・廊下(夜)**

牧が廊下で話を聞いている。

牧「……」

## 24 同・リビング(夜)

春田とちずが話している。
春田「なんか、盛大な勘違いだった。別に俺モテてなかったわ」
ちず「そっか……いつもの思い込みか」
春田「そう、なんか大騒ぎしてた自分が恥ずかしいわ」
ちず「でも良かったじゃん。一安心だね」

## 25 同・廊下(夜)

牧「(切ない)……」
部屋に戻っていく牧。

## 26 同・リビング(夜)

ちず「(苦笑)じゃあ、あとは部長?」
春田「そうだな……部長にはこないだ、話をする時間をくれって言った」
ちず「すごい、成長したじゃん! えらいえらい!」
と、ちずは春田の頭を撫でる。
春田「(照れ)いやまあ、やっぱ人として、ちゃんと向き合わなきゃなって」
ちず「……それだよ」
春田「だよな」
ちずのスマホが鳴る。
ちず「あ、マロくんだ」
出ようとするその手を、咄嗟に掴む春田。
ちず「!?」
春田「……今、出なくて良くね?」
ちず「……う、うん」
ちず、スマホを切る。
なんとなく気まずい二人。
ちず「寝る」

と、立ちあがって部屋のほうへ。
春田「……」
ちず「眠れるかな……ベッド堅そうだし」
春田「じゃあ、一緒に寝る？」
ちず「おやすみー」
と、扉を閉めるちず。
春田「……」

## 27　空き家（日替わり・日中）

空き家にやってきた蝶子と春田。
春田「急に、お呼び立てして申し訳ありません」
蝶子「こっちは最強の弁護士軍団で闘うから、覚悟しなさい」
春田「いや、奥様……」
蝶子「何？」
春田「今夜、部長と話をしようと思います」

蝶子「……」
春田「部長と奥様には、また素敵な夫婦に戻って欲しいんです」
真剣な眼差しの春田。
蝶子「……」
舞香の声「無理じゃない?」

## 28 天空不動産東京第二営業所・中(日中)

舞香と牧が同じパソコン画面を見ている。
舞香が真堺コーポレーションを検索している。
舞香「契約破棄なんて、ハードル高すぎるわ」
牧「なんとかしたいんですよね……こっちもプロの意地があるんで……あ、真堺コーポレーション、あった!」
検索結果(掲示板みたいなページ)に、悪徳業者として真堺コーポレーションの住所が記載。
舞香「詐欺の証拠でもあればねえ」

牧「証拠……(思い出し)あっ！」

## 29 同・表(夕)

牧、会社を出ると武川が待っている。
牧「……お疲れ様です」
と、通り過ぎようとする牧。
武川「牧」
牧「(立ち止まり)……」
武川「お前は今、不毛な恋愛に足を突っ込んでる。そう思わないか？」
牧「……」
武川「完全にお前の片想いなんだろ？」
牧「……はい」
武川「あっち側の人間を好きになっても、幸せになることは絶対に(ない)」
牧「分かってます。そんなこと、俺が一番分かってます」
武川「……俺なら、あいつと違ってお前を傷つけたりやしない」

牧　「……ですね」
武川　「(ちょっと驚き)……」

## 30　夜景の素敵な場所(夜)

夜景の素敵な場所を歩いている黒澤と春田。
二人とも、緊張の面持ち。
春田は意を決し、歩みを止めて黒澤と向き合う。
春田　「……」
黒澤　「……」
春田　「部長……あの……」
黒澤　「わ―――っ!!!」
黒澤は突然、両手で耳を塞いだりやめたり、高速でパタパタする。
春田　「(呆れて)部長……」
黒澤　「わ―――、聞こえない聞こえない、わ―――っ!!」
黒澤は、両手で耳を塞いだりやめたり、高速でパタパタする。

春田　「……」
黒澤、やがて、高速パタパタをやめる。
その瞬間、
春田　「ごめんなさい！」
黒澤　「あ――――っ！！！！！」
膝から崩れ落ちる黒澤。
黒澤　「(小声で)聞いちゃった……ごめんなさい聞いちゃった……」
春田　「部長……(支えようとして)」
黒澤　「(力なく払いのける)……」
正座してうつむき、落ち込んでいる黒澤。
黒澤　「なんで……待ってってって言ったのに……」
春田　「ごめんなさい」
黒澤　「なんで……」
春田　「……」
黒澤　「蝶子か。蝶子に何かされたのか」
春田　「違います」

黒澤「……ダメなのは、上司だから？……それとも、男だから？」
春田「僕は部長のこと、上司としてとても尊敬しています。僕らを強いリーダーシップで引っ張ってくれて、失敗したら全力で守ってくれて、理想の上司だと本気で思ってます」
黒澤「じゃあ……じゃあ……」
ほろほろと泣き始める黒澤。
春田「でも、それは恋愛感情じゃないんです。僕は今までみたいに、純粋な上司と部下の関係に戻りたいんです」
泣いている黒澤。
春田「……でも、こんな俺を好きになってくれて、ありがとうございます」
涙をぬぐいながら立ちあがる黒澤。
黒澤「(頷いて)三鷹第二地区の再開発が来月から始まる。また忙しくなるが、頼むぞ」
春田「はい……」
まるで良い女風に立ち去る黒澤。
が、春田に見えない黒澤の顔は、涙でぐしゃぐしゃになっている。
それを陰から見ている蝶子。
蝶子「……」

## 31　真堺コーポレーション（日替わり・日中）

春田と牧が真堺コーポレーションの事務所を訪れている。
牧「荒井さんの代理人として来ました。先日の契約書を見せて頂けますか？」
担当者「契約はもう締結済みですので、変更はできませんが」
春田「お願いします」

×　×　×

契約書を見ている春田と牧。
牧「しっかりサインしちゃってますね」
春田「ん～……完璧に交わしちゃってるな」
牧「めちゃくちゃちゃな契約なのに……」
担当者「よろしいですか？」
春田「（気づいて）あ、あ、あ！　ちょっと待った！」
担当者「!?」
春田「この荒井鉄平って、本名じゃないんです！」
と、契約者欄の名前を指す。そこには『荒井鉄平』と書いてある。

担当者「え？」
春田「鉄平っていうのはバンドをやる時の芸名で、本名は荒井鉄夫なんです！」
×　×　×（春田の回想）
春田が受け取った火元責任者のプレートに『荒井鉄夫』とある。
×　×　×
春田「名前が違うんだから、契約は無効ですよね⁉（勝利を確信して）っしゃあああ！」
担当者「いや、名前をお間違えになっても、法律上は契約を無効にはできません」
春田「……え、え、そうなの⁉」
牧「はい、それは無理です」
春田「マジか……（納得いかず）えええ⁉」
牧「でも、そちらが契約の際、鉄平さんにウソをついていたら話は別ですよね？」
担当者「……ウソ⁉」
牧「ここに証拠があります」
と、ＩＣレコーダーを掲げる。
春田「それは……！」
牧「鉄平さんはメロディを思いつくとどこでも録音できるように、これを持ち歩いてるんですが、契約の時、たまたま録音しっぱなしだったんです」
担当者「……！」
再生させると、最初に鉄平の歌が流れる。『ハッピーハッピーラーブ♪』
牧「あ、すいません」
飛ばすと、業者とのやり取りが聞こえてくる。
業者の声「――ご安心下さい。タワーマンションが建ちましたら、一階のテナントに入って頂く形になります」
鉄平の声「ほ、ホントですか！　す、すいません、ちょっとメロディが降りて来ました」
プツッと音声を切る牧。
牧「これでもまだ、シラを切るつもりですか？」
担当者「……」
牧「（春田を見て）……」
春田「（牧を見て、微笑み）……」

**32　どこか（日中）**

街中を歩いているちず。
ちず「(電話で)えっ、ホントに!?」

## 33 路上(日中)

電話をしている春田。
以下、カットバック。
春田「(電話で)助かったよ! まさかあのレコーダーが役に立つとはな〜」
ちず「ありがとう!! 春田、ホントにありがとう!! ……私、もう、どうしようかって……(涙)」
春田「おおい、何、泣いてんの!?(苦笑)」
ちず「春田……頼りになるじゃん、意外と」
春田「一言多いわ。いや、これは牧のお陰だから」
ちず「……ごめん、すぐ荷物、引き揚げるから」
春田「いいよ別に、そんな慌てて出て行かなくても。結構、店ん中ぐちゃぐちゃだろ?」
ちず「まあ、そうだけど」

春田　「気ぃ使うなよ。俺とお前の仲じゃん」
春田とちずの電話のやり取りを聞いている牧。
牧　「(二人には敵わない)……」

## 34　黒澤の自宅・ダイニング(夜)

帰宅する黒澤。
黒澤　「(力なく溜め息)……」
蝶子　「おかえりなさい」
黒澤　「?　あ、ああ……」
テーブルにトンカツと、山盛りのキャベツ。
×　　×　　×(僅かな時間経過)
サクッ……サクッ……と、トンカツを食べる音がダイニングに響き渡る。
蝶子　「……」
黒澤　「……」
蝶子　「……」

黒澤「……やっぱ、うまいな」
　黒澤の頬に、一筋の涙。

## 35　ケーキ店・表（夜）

　ケーキ店を出て、歩き始めるちず。
ちず「（微笑み）……」

## 36　春田の自宅・リビング～玄関（夜）

　風呂上がりの春田が上裸で出てきて、
春田「今日さあ、寿司でもとろっか？　ピザでもいいけど」
　すると、牧が荷物をまとめていて。
牧「俺、出て行きますね」
春田「は!?　こんな時間にどこ行くんだよ」
牧「ん……武川さんとこ、お世話になろうかなって」

春田「は、なんで？」
牧「いや別に……気分転換です」
春田「……なんで武川さんなんだよ」
牧「……」
春田「牧」
牧「元彼なんですよ」
春田「……え？　あ、え!?」
牧「春田さんは、ちずさんと幸せになってください」
牧、靴をはき始める。
その背中を見つめる春田。
春田「……」
×　×　×（春田の回想）
テーブルの下で手を繋いでいる牧と武川。
×　×　×
春田「（小声で）……ちょ待てよ」
背を向けたまま立ちあがる牧。

牧「じゃ、行きます」
春田「行くなって！」
と、バックハグする春田。
牧「……え？」
春田「……あ、あれ？」
その瞬間、玄関の扉が勢いよく開く。
ちず「ただいまー！」
春田・牧「!!」
ちず「……え!?」
バサッと下にケーキを落とす。
春田N「神様、俺は一体、どうしてしまったんでしょうか」

第五話に続く

# #5

Can you "Coming Out"?

## 1　春田の自宅・玄関(夜)

ケーキを床に落として愕然としているちず。
ちず「(驚愕)……」
春田「!」
咄嗟にバックハグを解く春田。
春田「あ、いや……(ごまかしつつ)あがれよ」
牧「……」
ちず「(動揺し)あ、ごめん、白菜、白菜、兄貴に頼まれてたんだった」
と、ケーキの箱を拾って、去る。
残された春田と牧。

## 2　同・リビング(夜)

リビングにやってくる春田と牧。
春田「……」

牧　「……何で俺を止めたんですか」
春田「いや、なんか分かんないけど……行って欲しくないって……思った」
牧　「料理とか、家事に困るから？」
春田「それは違う」
牧　「違わないでしょ」
春田「勝手に決めんなよ。お、俺だって今、何がなんだか混乱してんだからさ」
コップの水を飲み干す春田。
牧　「お似合いだと思いますよ、春田さんとちずさん」
春田「……はぁ!?　だからあいつはただの、幼馴染みだって言ってんじゃん。そういうのは何もないから――」
牧　「じゃあ付き合ってください」
春田「……え？」
牧　「何も無いならいいですよね」
春田「(驚き)……」
牧　「春田さん、俺と付き合って下さい」
春田「(反射で)は、はい……」

春田N「神様。付き合うとはこの場合、どのような意味を指すのでしょうか」
メインタイトル
『おっさんずラブ　第五話　Can you〝Coming Out〟?』

## 3　路上(夜)

動揺し、早足で歩いているちず。
ちず　「(ぶつぶつと)何、今の……。え、何……え!?」

## 4　春田の自宅・リビング(夜)

春田と牧が話している。
春田　「あ、いや、でも俺……そういうのがイマイチ分かってないんだけど……男同士で付き合うっていうのは、つまり、どういうこと?」
牧　「は?」

春田「いや、いい……ごめん。あ、でも(と言いかけて)」
牧「風呂入ってきます」
と、立ち去ろうとする牧。
春田「牧!」
牧「(振り返って)はい?」
春田「牧、えっ? 牧にとって俺は……彼氏なの、彼女なの?」
牧「(フッと笑い)何言ってるんですか」
と、立ち去る。
春田「いやいやいや、答えろよ……!」

**5 路上(夜)**

人が行き交う賑やかな駅前など。
ベンチに一人、座っているちず。
ちず「……」
× × ×(ちずの回想フラッシュ1)

バランスを崩して、倒れるちず。
咄嗟に抱きかかえる春田。
春田とちずが近い距離で見合う。
春田「……」
ちず「……」
×　×　×（ちずの回想フラッシュ2）
電話に出ようとするその手を、咄嗟に掴む春田。
ちず「!?」
春田「……今、出なくて良くね？」
×　×　×
ちず「落ち着け……何、動揺してるんだろう、私」
手に持っていた潰れた箱を開くと、崩れたホールケーキ。
ちず「……」
すくって食べるちず。
ちず「（泣きそうになり）……甘」

## 6　春田の自宅・リビング（数日後・朝）

二人分の弁当の準備をしているエプロン姿の牧。
春田は、スーツに着替えながら複雑な気持ち。
春田N「俺と牧が付き合う？　ことになって、数日が経った。……あの日以来、俺たちの間で、一体何が変わったのだろう」
春田「……気持ちの問題？」
牧「じゃあ、行きましょうか」
ドン、とテーブルの上に弁当箱が置かれる。
春田「……」
弁当箱を見つめる春田。

## 7　会社に向かう路上（朝）

春田と牧が歩いている。
牧「来週から、内部監査が始まるみたいですね」

春田「ああ〜、資料整理すんの面倒臭いな」
牧「日頃、こまめにやってないと大変ですよね」
春田「全然手つけてねえわぁ〜」
春田と牧の傍を自転車が通る。
牧「危ないっ！」
グッと春田の腕を引き寄せる牧。
春田「！」
牧「……」
しっかり腕を握っている牧。
周りの目を気にして、払う春田。
春田「おい、おい……」
牧「ああ、すみません……」
春田「……なあ、牧」
牧「はい？」
春田「今度から会社行くの……時間、ずらそうか？」
牧「え、なんで？」

春田「いや、まあ何となく？　……誰が見て、どういう噂になるか分かんないじゃん？」
牧「……」
春田「だから弁当とかも、しばらくいいわ」
牧「……そうですね、分かりました。あ、すいません俺、コンビニ寄っていきます」
と、去っていく牧。
春田、その後ろ姿を見て。
春田「……」

## 8 天空不動産東京第二営業所・営業部・中（朝）

出社する春田。
春田「おはようございまーす」
宮島「おはようございます」
春田がデスクにやってくると、武川が背後からいきなりパーソナルスペースに入り込んでくる。
武川「春田」

春田「(うっ近い！)お、おはようございます……！」
武川「……部長の奥様が、担当を変えて欲しいと言ってきた」
春田「えっ……」
武川「お前なにか、奥様に失礼なことでもやったんじゃないだろうな？」
春田「……」

×　×　×(春田の回想)

春田、蝶子、黒澤が向き合っている。
春田「はるたんこと……春田創一です」
蝶子「えっ……は、はる、はる、はっ……」
蝶子「……え、これって不倫？　はる、は、えっ、男、え!?　ちょっとよく分からないんだけど、夢？　ドッキリ？」

×　×　×

春田「い、いやーちょっと僕には、心当たりないですけど……なんですかねえ」
武川「この件は栗林が引き継ぐことになったから、あいつに資料送っといてくれ」
春田「はい、すみません」
武川が去っていく。

春田M「奥様にもちゃんと報告しないと……あの後、部長と話をしたこと、そこでちゃんとお断りしたこと……」
そこに、黒澤がやってくる。
黒澤「春田、ちょっと」
春田「!! は、はい」
立ちあがる春田。

## 9 同・部長室

黒澤と春田が部長室に入って来る。
黒澤「まあ、座ってくれ」
春田「は、はい」
黒澤が手元の資料を確認している。
黒澤「(神妙に)……」
春田「(緊張)……」
× × ×(春田の回想)

春田「ごめんなさい！」
黒澤「あ――――っ！！！！」
膝から崩れ落ちる黒澤。
黒澤「(小声で)聞いちゃった……ごめんなさい聞いちゃった……」
× × ×
春田M「まさか……やっぱり諦められないとか……納得できないとか、そんなんじゃないよな？」
黒澤「これはトップシークレットでお願いしたい」
春田「もちろんです!!　……あ、はい？」
『厳秘』と書かれた資料を見せる黒澤。
黒澤「俳優の剣崎達巳(けんざきたつみ)が、早急に葛西のセレスタワーマンションを内見したいと言っている」
春田「うおおお、ケンタツじゃないっすか！」
黒澤「有名なのか？」
春田「はい、こないだもバラエティで南極行ってましたよ！　へぇえ！」
黒澤「この物件がマスコミに漏れないよう、事務所も相当ナーバスになっているらしい。(春田の顔を見て)……他のヤツにするか」

春田「いやいや、やりますやります！」
黒澤「くれぐれも情報の取扱には気をつけてくれ」
春田「はい、分かりました」
部長室を出ていく春田。

**10　同・部長室外**

部長室の扉を背にして、
春田Ｍ「いつも通りの部長……当たり前か。何、構えてんだ」

**11　同・部長室**

黒澤「（一転、泣きそうになっている）……はるたんっ」
蝶子の声「フラれてずっと泣いてるのよ」

**12　空き家・フロア（日中）**

栗林が蝶子に空き室を案内している。
栗林「……フラれたっていうのは、その不倫相手に？」
蝶子「そう。だからもう、なんか戦意喪失しちゃった」
栗林「フラれたなら、奥様は部長と離婚しなくてもいいんじゃないすか？」
蝶子「(首を横に振り)私のところにはもう、あの人の気持ちは戻って来ないから」
栗林「マジすか……深いっすね」
蝶子「(苦笑)どこがよ」
栗林「蝶子さんは犬派ですか？　猫派ですか？」
蝶子「猫派」
栗林「ここ、飼えますよ、猫」
と、微笑む栗林。

**13　セレスタワーマンション・地下駐車場(日中)**

春田が立って待っているところに、高級車が滑り込んでくる。
×　　×　　×

車から颯爽と降りてくる剣崎達巳(25)。
剣崎「あ、どうも〜！　剣崎です」
春田「うわー！　いつも見てます！　(名刺を出して)天空不動産の春田と申します、よろしくお願いします！」
剣崎「ごめんね、なんか急なお願いで」
春田「いえいえ、こちらにどうぞ！」
と、歩き出す春田と剣崎。

## 14　同・室内(高層階の部屋)(日中)

春田が剣崎を案内している。
剣崎は窓の外を眺めている。
剣崎「すげえ、なかなかいいじゃん！」
春田「はい、こちらは住民のプライバシーを守るために、廊下も外から見えないようになっておりまして、エレベーターもお住まいの階以外には止まらないように――」
剣崎「あ、火事になったらどうすんの!?」

春田「はい？」
剣崎「やばくない!?　パラシュート!?」
春田「あ、いえ、非常の際には避難専用の階段がございます」
剣崎「こないだ番組でアメリカ行ったんだけど、ホテルの部屋にパラシュートがあってさ。ドッキリでいきなり飛べって言われて超焦ったんだよ！」
春田「うわ、それは怖いですね！」

**15　同・地下駐車場（日中）**

春田が剣崎を地下駐車場からの裏口へ案内する。
春田「こちらが裏口になります。扉は二重ロックになっておりまして……」
剣崎「いいよいいよ、俺たぶん表からしか出入りしないから」
春田「あ、そうですか……」
そこに、外から入って来る牧と室川檸檬（21）がやってくる。
牧「こちらへどうぞ」
剣崎・室川「！」

春田・牧「あっ！」

## 16　天空不動産東京第二営業所・営業部・中(日中)

剣崎と室川のお客様シート的な資料を並べている。
春田「いやいや室川檸檬、めっちゃかわいいな！」
牧「え、春田さん、前から好きでしたっけ？」
春田「いや朝ドラの時は全然思わなかったけど、生で見たらめっちゃかわいい！」
牧「かわいいっていうか、国民の妹って感じですよね」
春田「いや、かわいいよ！」
牧「(呆れて苦笑)実は一週間ぐらい前に本社から直接話がきて。ご本人に会ったのは今日が初めてなんですけど」
春田「でもケンタツと同じマンションって……すごい偶然だな！」
牧「いや、二人付き合ってるでしょ」
春田「ええっ!?」
牧「最近流行ってるじゃないですか。付き合ってる芸能人が同じマンションに住むっていう」

春田「ええ、そうなの!?」
牧「だって同じマンションだったら、会うのも楽じゃないですか。週刊誌にも撮られにくいし」
春田「うわぁあ……檸檬ちゃん付き合ってるのかぁ!! ……んーまあ、でも別に恋愛ぐらいするだろうしなあ。ケンタツならいっかあ。うん、あいついいヤツだし」
牧「(苦笑)まあ、撮られにくいと言っても、同じマンションに住んでることがバレたら、あんまり意味ないですね。徹底的にマークされるでしょうし」
春田「いやあ……これ、俺たちも責任重大だな」
牧「はい。やっぱり彼女のほうはすごい警戒心が強くて……」

## 17 セレスタワーマンション・部屋(牧の回想)

牧が室川を案内している。

外を見ている室川。

室川「セキュリティについて伺ってもいいですか?」

牧「はい、こちらのマンションはゲートに警備員、エントランスにコンシェルジュが24時間常駐しておりまして、ドアはオートロックです」
室川「エレベーターはカード式ですか？」
牧「あ、はい。住民だけが使えるカード式になっています」
室川「（頷き）防犯カメラは何台ありますか？」
牧「（驚き）あ、えっと……各階10台設置しておりまして、映像は３ヶ月保存しています」
室川「前の道って、路上駐車できない道ですか？」
牧「調べておきますね」

## 18　天空不動産東京第二営業所・営業部・中（日中）

春田「ええっ意外。もっとふわっとしてる子かと思ってたー！」
牧「そこは清純派のイメージで売ってるから、恋愛沙汰なんて絶対バレるわけにはいかないんでしょうね」
春田「そっか……これは外に漏れたら、俺たちの首が飛ぶな」
牧「一瞬ですよ」
春田「こええ……」

そこに武川が入って来る。
武川「牧、お客様だ」
牧「はい」
牧が出て行く。
春田「(武川に)お疲れ様です」
と、春田も資料をまとめて出て行こうとする。
ガンッと足ドンで止める武川。
春田「！　えっ!?」
武川「メシ行こうか」

**19　同・屋上(日中)**

武川はデリ風の弁当。春田は牧の作った弁当を食べている。
武川「付き合ってるのか?」
春田「あ、例のトップシークレット案件ですか？　はい、おそらくそうだと思います」
武川「お前と牧だよ」

春田「(むせる)!!」
春田M「す、鋭い……ど、どうして!」
武川「その弁当、牧が作ったのか」
春田「は、はい……」
武川「サラダは?」
春田「いや、無いですけど」
武川「へえ……俺の時はあったけどな。そうか」
春田「いや、あの、俺と牧は、ホントにただのルームメイトなんで……」
武川「(冷徹に見て)……」
春田「(ウッとなる)……」
武川「じゃあ手を引いてくれ」
春田「……いや、あの」
武川「お前が傍にいるから、あいつはいつまでも諦めきれないんだ。お前にその気がないなら、離れてやってくれ」
春田「……」
武川「俺と牧が付き合ってたのは、知ってるだろ?」

春田「それは……はい、牧から」
武川「あいつは、俺がいないとダメなんだよ」
春田「……いつからその、お付き合いされてたんですか？」
武川「あいつが入社するちょっと前だから、４年前か」
春田「あ……え、入社前!?」

**20　天空不動産東京第二営業所・営業部・どこか（武川の回想）**

武川の声「──あいつがまだ学生の頃、就活のＯＢ訪問で俺のとこにやってきたんだ」
武川と大学生の牧(21)が話している。
牧「……」
武川「なんで不動産を志望してるの？」
牧「いや、まあ特に……不動産がいいってわけでは……」
武川「ウチでどんな仕事したい？」
牧「……」
武川の声「あまりにもハッキリしないヤツで、腹が立ってきてさ」

武川「俺は今、大事な仕事の時間を割いて君に会ってんだよ。失礼だと思わないか？」
牧「……」
武川「そんなにイヤなら就職なんてやめろ！」
と、席を立つ武川。
武川の声「思いっきり言ってやったんだよ」

## 21 もとの屋上

春田「あー腹立ちますね、それは……」
武川「だろ。ところが、それからしばらくして、外でチラシ配ってたら偶然また会って――」

## 22 街角（武川の回想）

街角でサンドイッチマンをしながら、チラシを配っている武川。
そこを通り掛かる牧。
牧「あの……」

武川「なんだよ、邪魔だ。あっちに行け」
牧「俺にも配らせてください」
と、カバンを床に置いてチラシを受け取る。
武川「はぁ!?」

× × ×

武川と牧が後片付けをしている。
牧「俺……知らない人にあんなに怒られたの、初めてです」
武川「ゆとり世代か」
牧「さとり世代です」
武川「知らねえよ」
牧「周りがどんどんやりたい仕事とか、会社を見つけていく中で、俺は特にそういうのはなくて……でも、たまたま、御社の社員紹介のページで、武川さんが書いてたことに感銘を受けて……」
武川「それで……OB訪問に来たのか」
牧「(頷いて)……はい」
武川「悪いけど、何を書いたか覚えてない」

牧　「自分の好きな仕事をするんじゃない。自分の仕事を好きになるんだ」
武川「覚えてないな」
牧　「ええ〜っ!?」
武川の声「あいつは俺に惚れて、ウチの会社に入ってきたんだ」

## 23　もとの屋上

春田「……でも、別れたんですよね」
武川「あいつは本社勤務で、俺は営業所勤務。生活のすれ違いが原因だった」
春田「はあ……」
武川「しかしもう、そんな過ちを犯したりはしない」
春田「……」
武川、バッと土下座する。
武川「頼む!……牧から手を引いてくれ!」
春田「ちょ、ちょっと頭上げてください。人、来ますよ」
武川「お、俺が、あいつ無しではダメなんだ……頼む!」

春田「(引いて)……」

**24　路上(夕)**

会社帰りに歩いている春田。
春田M「手を引く……武川さんがよりを戻したいから、俺が手を引く……それはなんかイヤだ……え?……なんでイヤ?……なんで!?」
ちずが、自転車でやってくる。
ちず「!」
春田「!　……ちず」
×　×　×
自転車を押しながら歩くちずと、春田。
どことなく気まずく、会話は弾まない。
春田・ちず「……」
ちず「お陰さまで家も落ち着いたし、お店もまた明日から再開するから」
春田「おめでとう」

ちず「……ありがと」
春田「……」
ちず「……」
春田「マロとは夢の国行ったの？」
ちず「ううん……結局私が急に仕事入って行けなかった」
春田「そっか」
ちず「悪いことしちゃった。穴埋めしないと」
春田「……別にいいんじゃない。そんな気ぃ使わなくても」
ちず「そんなわけにいかないでしょ」
歩いて行く二人。
買い物袋を提げた牧が、並んで歩く二人に気づく。
牧「（切ない）……」

## 25　春田の自宅・リビング（夜）

春田と牧が夕飯を食べている。

牧　「ああ、無事にお店、復活できるんですね」
春田「うん、ホントに良かったよな」
牧　「また会社のみんなでお祝いしましょう」
春田「……なんかあいつ、最近マロといい雰囲気でさ。笑えるよな、なんか」
牧　「……」
春田「いつ、マロがあのダメ女っぷりに気づくかだよなあ。だってちずの卵焼き、殻が半分ぐらい入ってるんだぜ」
牧　「春田さん、明日、買い物行きませんか」
春田「え？」
牧　「服とか、靴とか」
春田「え、なんか買いたいもんあんの？」
牧　「春田さんのですよ。私服、クソダサいじゃないですか」
春田「え、マジ!?」
牧　「彼氏がクソダサいとか、俺ちょっと耐えられないんで」
春田M「彼氏……」
春田「んーでも、二人で歩いてて、もし誰か知り合いに見られたら……どうする!?」

牧　「別に、男同士でも服ぐらい買いに行くじゃないですか」
春田　「……そっか。そうだな」

**26　黒澤の自宅・リビング（夜）**

印鑑を捺した離婚届を黒澤の前に出す、蝶子。
蝶子　「はい」
黒澤　「……蝶子。実は――」
蝶子　「はるたんにフラれたんでしょ？　知ってる」
×　×　×（蝶子の回想フラッシュ）
泣きながら歩く黒澤。
それを物陰から見ている蝶子。
×　×　×
黒澤　「……知ってたのか」
蝶子　「でも、まだ諦めてないんでしょ？」
黒澤　「……」

蝶子「一回フラれたぐらいで何よ。私、あなたを何回フッたと思ってんの?……私は、それでも諦めないあなたのバカみたいに熱くて、不器用なところを好きになったのよ」
黒澤「……蝶子」
蝶子「こんなところで大人しく引き下がられたら、私のプライドが許さないから」
黒澤「(小さく頷き)……」
蝶子、離婚届をつかみ、
蝶子「ねえ、一緒に出しに行きましょっか。最後のデート」
黒澤「……!」

## 27 繁華街~点描(日替わり・日中)

春田と牧が歩いている。
春田はダサい私服で、牧とは適度な距離感を保っている。
× × ×
ショップの店内。
春田が試しに派手なジャケットを羽織ってみる。

それを『うーん……』と見定めている牧。
×　×　×
別の店内。
春田が変な帽子を被って、おどけて見せる。
春田「どう?」
牧「絶望的です」
×　×　×
休憩している春田と牧。
春田がスタイリッシュな格好になっている。
手を伸ばしたりしながら。
春田「全体的にピチピチだわ。どう?」
牧「はい、やっと許せるレベルになりました」
春田「じゃあこれからもう、牧に選んでもらおうかなあ!?」
牧「もういい歳なんですから自分の服ぐらい、何が似合うか把握しといてください」
春田「やだ」
牧「やだじゃない!」

春田「……腹減ったなあ。あ、ラーメン食いに行こうよ。牧と行ってみたかったんだよ」
と、先に行く春田。
あとからついていく牧。
牧「(微笑み)はい」

## 28 パンケーキの店(日中)

パシャッと、パンケーキの写真を撮っている栗林。
栗林「ちーちゃん、撮らないの?」
ちず「うん、私インスタやってないし」
栗林「へえ～やればいいのに」
ちず「どうすんの? やってみようかな」
栗林「登録してあげる」
ちずが携帯を取り出すと、春田のキメ顔が送られてきている。
ちず「うわ、キッモ!(笑)」
栗林「え、どうしたんですか?」

ちず「分かんない、なんか送られて来た。ヤバくない？」
と、写真を見せるちず。
栗林「……うわ、キメ顔（苦笑）」
ちず「えーなんかお洒落してるし……普段、めちゃくちゃダサいんだよ、あいつ。パーカーonパーカーとか。裸足に革靴とか」
栗林「（微笑み）よく知ってますね。さすがっす」
ちず「絶対こんなの自分で買わないよ……どうしたんだろ、ウケるよね」
栗林「（苦笑）……」

## 29　ラーメン店（日中）

春田と牧がラーメン店に並んでいる。
春田の携帯にメールが来る。『キモッ。私は、表参道でパンケーキ満喫中』
春田「あ、ちず、近くにいる。この後合流する？」
牧「ああ……いいんじゃないですか？」
春田「マロもいるみたいだけど」

電話を掛ける春田。
牧「……」
春田「(電話で)出ねえわ……」
行列に押されて、春田と牧の手と手が触れる。
春田・牧「うわっ!」
牧「あ、すいません」
春田「いや、だからもっと離れろって」
牧「……」
春田「ほら、誰が見てるか分かんないじゃん。意外にいるぞ、知り合い」
牧「……だから何なんですか?」
春田「え?」
牧「俺は、春田さんにとって恥ずかしい存在なんですか?」
春田「……」
牧「……」
春田「いや、そういうことじゃなくて、何って言うかさ」
牧のもとに電話が掛かってくる。

牧　「(出て)もしもし?」
舞香の声「緊急事態よ」
牧　「えっ!?」

## 30　天空不動産東京第二営業所・営業部・中〜ラーメン店(日中)

舞香が電話している。以下、適宜カットバックで。
舞香「室川さんが、セレスタワーマンションにすぐ来て欲しいって」
牧　「え、今からですか?」
舞香「休日にごめんなさい。とりあえず現場に向かってもらえるかしら」
牧　「はい、分かりました」
電話を切る牧。
牧　「すいません、仕事です。行ってきます」
春田「お、おう」
牧、去っていく。
ぽつんと取り残された春田。

春田「……」

## 31 パンケーキの店(日中)

ちず「どうする？　水族館でも行く？　高校の時だったかなあ。春田、そこでアシカに襲われたんだよね。全治二ヶ月(笑)」
栗林「……」
ちず「マロくん？」
栗林、携帯を取り出す。
栗林「すいません俺、次の予定があるんで、ここでバイバイで」
ちず「えっ!?」
栗林「休みの日は三、四人ペースでデートしていかないと処理できないんすよ」
ちず「処理って……失礼な」
栗林「(苦笑)失礼なのはちーちゃんの方ですよ」
ちず「え？」
栗林「俺と会ってるのに、春田さんの話ばっかり。もしかして気づいてなかったんですか？」

ちず「……ごめん」
栗林「最後にアドバイス。春田さんみたいな超絶鈍感な人には、どストレートに言わないと、一生伝わらないですよ。じゃ！」
と、笑顔で去っていく栗林。
ちず「……」

## 32　区役所・中(日中)

黒澤と蝶子が、区役所に離婚届を提出する。
職員「(しばらく中身を確認して)はい、結構です」
黒澤・蝶子「……」

## 33　同・表(日中)

黒澤と蝶子が出てくる。

蝶子「あったま来た。なんで役所の人って、あんな無愛想なの!?　こっちは離婚届出してんだからさ、なんか一言ぐらい言えばいいのに。お疲れ様でしたとか、ご苦労様でしたとか」
黒澤「(苦笑)ははは」
蝶子「何が面白いの?」
黒澤「いや、婚姻届を出す時もおんなじこと言ってたから。結婚するのに、おめでとうも何も言わないって」
蝶子「そう? (微笑み)そんな昔のこと、忘れた」
黒澤「(微笑み)……」
蝶子「ねえ、あそこ行かない?」
黒澤「え?」
蝶子「こっち」
と、蝶子から黒澤の腕を組み、歩いていく。

## 34 浜辺(日中)

打ち寄せる波。

浜辺でスマホを弄って待っている春田。
**ちずの声**「はーるた」
春田が振り返ると、ちずがやってくる。
**春田**「お、おう」
**ちず**「なんで海よ」
**春田**「呼び出してごめん。あれ、マロは?」
**ちず**「ん? 帰った」
**春田**「もしかして、フラれた?」
**ちず**「うるさいな、そっちこそ何なのその格好」
**春田**「牧が選んだんだよ。文句あるならあいつに言ってくれ」
**ちず**「牧くんは?」
**春田**「ああ……仕事だって」

×　×　×

浜辺を歩いている春田とちず。
**春田**「昔、夏になるとよく来たよなー。鉄平兄と一緒に」
**ちず**「せっかく作った砂のお城に春田がダイブしてさあ、マジで腹立った」

春田「あったなあ～……。あ、あれもう無いのかな？」
ちず「座礁した船でしょ？　もうとっくに無いよ、あんなの」
春田「秘密基地にして、よく遊んでたよな……」
春田の横顔を見つめるちず。
ちず「……」

×　×　×（ちずの回想フラッシュ）

栗林「最後にアドバイス。春田さんみたいな超絶鈍感な人には、どストレートに言わないと、一生伝わらないですよ」

×　×　×

ちず「あのさ……春田」
春田「ちず」
ちず「ん？」
春田「ああ、何？」
ちず「いいよ、先にどうぞ」
と、何かを砂に描き始めるちず。
春田「……」

ちず　「……」
春田　「俺、牧と付き合っ……てる」
ちず　「(振り返って)……え」
春田　「いや、まあ、付き合おうって言われたから……。特に、何かが変わったわけじゃないけど……一応、報告」
ちず　「……そうなんだ。良かったじゃん」
春田　「今、初めて人に言ったわ」
ちず　「そっか」
春田　「俺はなるべく知られたくないんだけど……なんか、それでまた、牧を傷つけちゃったかも」
ちず　「……そっか、付き合ってるんだ。春田も好きなの?」
春田　「俺は……まあ……うん……」
砂に描いた春田との相合い傘が、波でサーッと消される。
ちず　「……」
春田　「ごめん、ちずは何?」
ちず　「……ああ。なんだっけ。何言おうとしたか忘れちゃった」

と、悲しく微笑むちず。
春田「なんだよ」
と、春田はちずに水を掛ける。
ちず「キャーッ!!　も――!!」
ちずもやり返す!
春田「うわっ!!(目に入った!)お前!!」
ちず「ははは、ごめんごめん」
ちずも顔を拭う。それは水しぶきなのか、涙なのか。
その時、春田に電話が掛かってくる。
春田「(電話に)もしもし?　……ああ、牧!?」
ちず「……」

## 35　どこか(公園とか)(夕)

手をつないで歩いている黒澤と蝶子。
蝶子「ここ、覚えてる?　プロポーズしてくれた場所」

黒澤「もちろん……」
蝶子「(景色見て)あ〜……全然変わらないね」
黒澤「……」
蝶子、黒澤を見て。
蝶子「ここでいいよ。私行くね」
黒澤「え？」
蝶子「最後のデート、楽しかった」
黒澤「……俺も」
蝶子「この私をフッたんだから、はるたん、死んでもゲットしなさいよ？」
バンッと背中を叩く蝶子。
黒澤「……(小さくうなずく)蝶子、30年間、ありがとう」
蝶子「もーかしこまっちゃって、じゃあね！」
颯爽と去っていく蝶子。
一人佇む黒澤。
黒澤「……」

## 36　セレスタワーマンション・表

全力で、走ってくる春田。
マンションの地下駐車場のほうへ走っていく。
それを物陰から見ている、週刊誌記者。
記者「……」

## 37　同・地下駐車場

牧、剣崎、室川がいるところに、春田が走ってくる。
春田「(息を切らせて)……」
牧「すみません、呼び出してしまって」
春田「何!?」
室川「すみません……やっぱりここに二人で住むのは怖いなって」
剣崎「春田さんすいません、実は俺たち、付き合ってて……」
春田「あ、はい、それは何となく……」

剣崎「(室川に)俺はぶっちゃけバレてもいいんだよ。もうコソコソすんのやめない?」
室川「だから私は仕事にだって影響があるし、周りの人にも迷惑が掛かるから!」
剣崎「いや、俺からも説明するからさ。つうか、人を好きになるのに、なんで世間に批判されなきゃいけないいんだよ。別に不倫とかしてるわけじゃないんだから、堂々とすりゃいいじゃん!」
春田「ケ、ケンタツさん……」
室川「あなたとは置かれてる立場が違うの! 綺麗事ばっかり言わないで!」
春田「ですよね」
剣崎「人に言えない恋愛なんて、俺は続かないと思うよ」
春田「ですよね」
室川「じゃあ、別れるしかないんじゃない?」
春田「まあまあ、落ち着きましょう」
牧「あの!」
一同「(見る)……」
牧「実は僕たち……付き合ってるんです」
春田・剣崎・室川「!?」

春田「お、おま……！」
剣崎「付き合ってる……？」
室川「え!? お、男、男!?」
牧「はい。だから、仕事のことを考えると絶対にバレたくはない……それは分かります。でも、正直でいたいっていう、剣崎さんの気持ちも分かります」
春田「……牧」
牧「世間はいつだってうるさいです。でも結局、今の自分たちにとって一番大事なものは何かってことだと、僕は思います」
剣崎・室川「……」
春田「……」
その時、フラッシュが焚かれる！
剣崎・室川「!!」
剣崎「うわ、撮られた！」
記者の走る後ろ姿。
春田「え、あ、捕まえます！」
走り出す春田。

## 38　居酒屋『わんだほう』・店内（夜）

栗林と蝶子が飲んでいる。
鉄平「おいおい何だよ、珍しい二人だなあ」
栗林「……なんで俺じゃダメなんだって、思いましたよ。だって、そいつに一つも負けてるところないんですよ。顔も、性格も……顔も」
蝶子「元気出せ、若者」
バシッと背中を叩く蝶子。
栗林「……あざっす」
鉄平「さ、そんな二人に、肉巻きドリアン」
と、皿を出す鉄平。
蝶子「頼んでないから！……私もさ、オトナの女でいたいから、こっちからかっこよく離婚切り出してやったのよ（酒をあおり）……でもさ……そりゃ50越えても……全然オトナなんかじゃないんだから。何でダメなのって……あの人の顔を見るとグルグル考えちゃうの……（涙をこらえて）お手洗い」
席を立つ蝶子、すかさず腕を掴む栗林。

蝶子　「！」
栗林も立ち、蝶子をやさしく抱きしめる。
蝶子　「ちょっ！　何……!?」
栗林　「よしよし、がんばった」
と、背中をポンポンする栗林。
蝶子　「はぁ!?（と離れようとする）」
栗林　「じっとして。……ほら……心臓の音を聞くと、安心するでしょ？」
蝶子　「……大人をからかわないで」
と、離れる蝶子。
栗林　「大人じゃないってさっき言ったのは、蝶子さんですよ」
蝶子　「……バッカじゃないの？」
と言いつつ、涙溢れる蝶子。
栗林が優しく抱き寄せる。

## 39　路上（夜）

春田、呆然と歩いている。
後ろから走ってやってくる牧。
牧　「(息を切らせて)……ダメでしたか」
春田「あああああくそっ!!」
牧　「明日の芸能ニュース、一面トップかもしれないですね……」
春田「……やべえ、どうしよう」
牧　「あの……さっきはすみません」
春田「何が?」
牧　「勝手に俺たちのこと言っちゃって……」
春田「いや、俺のほうこそ、なんか……」
牧　「春田さんは、春田さんのペースでいいですから。形だけじゃなくて、ちゃんと好きになってもらえるように、俺、頑張りますから」
再び歩き出す二人。
春田「(立ち止まり)……牧」
牧　「?」
春田「恥ずかしくないから」

牧　「えっ？」
春田　「牧と一緒にいることは……俺にとって、全然恥ずかしいことじゃない」
牧　「……」

**40　天空不動産東京第二営業所・外観（日替わり・日中）**

**41　同・営業部・中（日中）**

テレビのリモコンを持って、フロア全体に呼びかける舞香。
舞香　「ちょっと、皆さん！　今から緊急会見が始まるわよ！」
春田　「え？」
武川・牧　「!?」
テレビの前に集まる春田、牧、武川、舞香、栗林、宮島。

**42　テレビ画面**

剣崎と室川が会見に応じている。

無数のフラッシュが焚かれている。

剣崎「えーっと、私、剣崎達巳は、以前から室川檸檬さんと結婚を前提にお付き合いさせていただいております」

## 43　天空不動産東京第二営業所・営業部・中（日中）

春田「えええっ!!　言っちゃった！」
牧「……言っちゃいましたね」
武川「おいおいおい、トップシークレットじゃないのかよ……」
栗林「なんでまだバレてもないのに、自分たちから喋っちゃうんすか？」
舞香「記事に出る前に、自分たちから言ったほうが潔いからよ」
栗林「ああ〜……」

## 44　テレビ画面

会見で質問に答えている剣崎と室川。
剣崎「彼女には清純派女優としてのイメージがありますし、俺なんかと付き合ってることが分かったらマイナスでしかないと思うんですけど……でも、こそこそ隠れるように、ウソをついて生きていきたくないんで……な」
と、室川を見る。
室川「(頷いて)はい。応援して下さるファンの皆様や、関係者の方々には、ご心配とご迷惑をおかけして申し訳ありません。……でも……私は、剣崎さんが好きです……どうか、そんな私も含めて応援してもらえるように、頑張ります」
深々と頭を下げる室川。
レポーターの声「今回、どうしてお二人からこのタイミングで公表しようと思ったのか、心境というか、きっかけがあったら教えてください」
室川「はい。皆様の前でお話しようと決めたのは、とあるカップルとの出会いがあったからです。そのカップルは、実は男性同士で……」

## 45 天空不動産東京第二営業所・営業部・中(日中)

反射的にテレビを消す春田。
春田「うおおおいっ!!」
一同「!?」
武川「おい、何やってんだよ!」
舞香「ちょっと!」
一同「……」
春田「……」
牧「(溜め息)じゃあ、みなさん、仕事に戻りましょうか!」
と、一人デスクに戻る牧。
つられるように持ち場に戻ろうと動き始める面々。
春田「……」
×　×　×(春田の回想)
牧「俺は、春田さんにとって恥ずかしい存在なんですか?」
×　×　×(春田の回想)
剣崎「つうか、人を好きになるのに、なんで世間に批判されなきゃいけないんだよ。別に不倫とかしてるわけじゃないんだから、堂々とすりゃいいじゃん!」

牧　　×　×　×（春田の回想）
牧　「春田さんは、春田さんのペースでいいですから。形だけじゃなくて、ちゃんと好きになってもらえるように、俺、頑張りますから」
　　×　×　×
春田「……あ、すいません、待ってください」
一同「（見る）……」
牧　「……」
春田「あの……えっと……なんっていうか……、俺たち……っ、付き合ってます」
武川「……!?」
栗林「はぁ!?」
舞香「え、え、え!?　誰と?」
　　春田、牧の手を握る。
春田「俺と牧は……付き合ってます」
一同「（衝撃）！」
牧　「……」
　　営業部に流れる沈黙。

それを突き破るかのように、黒澤が現れる。
黒澤　「(手を挙げて)ちょっと待ったぁあああ———!!」

第六話に続く

# #6

息子さんを僕にください！

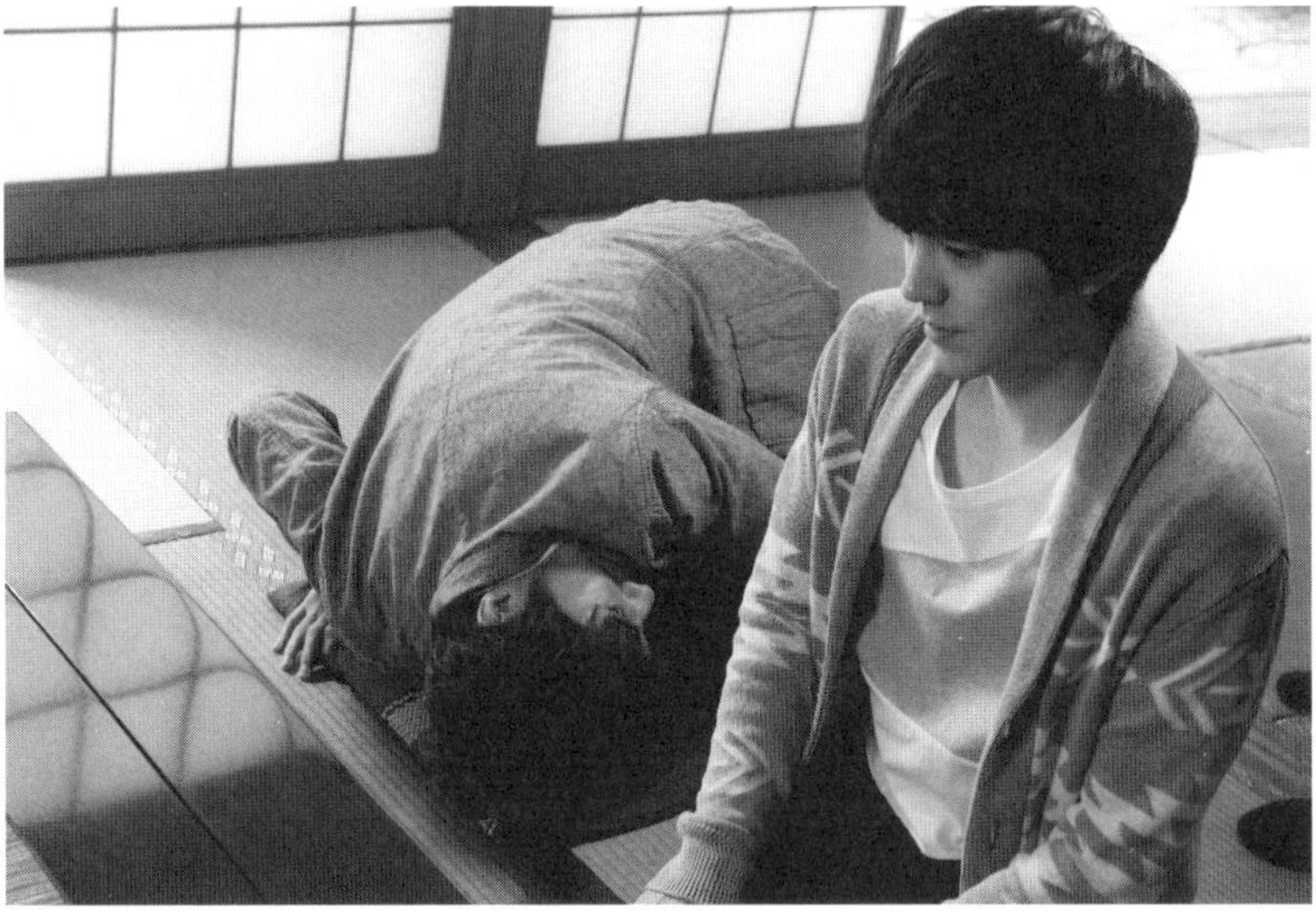

## 1　天空不動産東京第二営業所・営業部・中(日中)

黒澤「ちょっと待ったぁあああ――――!!」
と、黒澤が注目を集める。
一同「(見る)!?」
黒澤「(息を切らせて)あ、いや……あ、なんて?」
春田「え?」
黒澤「いや、単純に聞こえなかった。さっきなんて言ったの?」
春田「あ、いや……」
牧「……」
舞香「付き合ってるんですって、春田くんと牧くん」
黒澤「えっ?」
武川「は、春田が今、カミングアウトしました」
黒澤「ええっ!?」
春田「あ、いや」
牧「……」

黒澤「……なるほど、そうか。春田と牧が、はは、そうなのか」
春田「(気まずい)……」
黒澤「(無理して)ブラボォー!!」
拍手しはじめる黒澤。
続いて、拍手する栗林、宮島、舞香、他の社員たち。
黒澤はそのまま部長室に消えていく。
春田「(拍手に戸惑い)え、あ……」
栗林「なんか斬新で俺はいいと思いますよ」
宮島「私も素敵だと思います。それにすごいお二人、お似合いです!」
舞香「いつから付き合ってるの?」
牧「すいません、ちょっと僕には意味が分からないです」
一同「(エッとなる)!?」
春田「えっ!?」
牧「すいません、お客様をお迎えに行ってきます」
と、牧が営業所を出ていく。
一同、ぽかんとしている。

春田「おいおいおい……」
武川「どういうことだ？」
舞香「えーっ、春田くんの片想い？」
春田「えっ!?」
栗林「うわー公開告白、失敗っすか!?」
春田「いやいやいや!……俺は必要に迫られたから、言っただけであって、その……!」
みんなに『大丈夫大丈夫！』『がんば！』『恥ずかしいことじゃない！』と元気付けられる春田。
舞香「あるある！」
栗林「まだチャンスありますって！」
武川「(不敵にうなずき)……」
春田M「いや、なんで俺が！　っていうか、なんで俺だけが！　色々おかしいだろ！」
持ち場に戻る社員たち。

## 2　同・部長室

部長室で一人、打ちひしがれている黒澤。
黒澤「（泣きそうに）……だぁっ!!」

## 3 春田の自宅・外観（夜）

## 4 同・リビング（夜）

食事している春田と牧。
牧はどこか上の空でぼーっとしている。
春田「おい、一体どういうことだよ？」
牧「……」
春田「え、何？　俺なんか余計なことした？」
牧「いやまあ、変に隠されるのはイヤだって言いましたけど――」
×　×　×（牧の回想）
牧「俺は、春田さんにとって恥ずかしい存在なんですか？」
×　×　×

牧　「だからって、あえてみんなの前で晒さなくてもなって……」
春田「分かんねえ……全然分かんねえわ……その差が」
牧　「あ、マヨネーズ出してなかったですね」
と、立ちあがるとバタンと倒れる牧。
春田「牧!?　おい、どうした!?　牧!!　牧!!」
春田は牧に駆け寄り。
春田N「神様。カミングアウトは一旦、取り下げてもよろしいでしょうか」

**メインタイトル**
**『おっさんずラブ　第六話　息子さんを僕にください！』**

**5　春田の自宅・牧の部屋（夜）**

牧がベッドで横になっている。
水の入ったコップと薬を持って来て、アタフタしている春田。
春田「ホントに病院とか行かなくていいの?」

牧「大丈夫です」
春田「鉄平兄に車出してもらおうか？」
牧「だから大丈夫ですって。実は今朝からちょっと熱があって……ただの風邪です。すいません」
春田「もう……無理すんなよ。ああ、おかゆ作ろうか？」
牧「いいですよ、作れないでしょ」
春田「おいおい、俺をなめんな！」

## 6　同・リビング～キッチン（夜）

春田がリビングに戻ってくると、テーブルの上に置かれたスマホにメッセージが着信する。

スマホを手に取り、見る。差出人は黒澤である。

春田「部長……」

×　×　×

春田がキッチンに立ち、鍋に火をかける。

冷蔵庫から材料を取り出す。
以下、おかゆを作る春田の動作に、黒澤からの長いメッセージが重なる。
**黒澤の声**「拝啓。はるたんの突然の告白には、大変驚きました。正直な気持ちとしては、納得半分、不満半分と言ったところです」
棚を開けて調味料を探している春田。
**黒澤の声**「と言いますのも、私がはるたんにフラれたのは、てっきり私が男であることに要因があると思っていたからです」
冷蔵庫から卵を取り出して、割ろうとするがグシャッと潰れる。
**春田**「あぁあっ!!」
**黒澤の声**「ところが、蓋を開けてみたら牧凌太。よりによって、牧凌太ではありませんか」
熱い鍋に手が触れて、
**春田**「あっちぃい!!!」

**7　同・牧の部屋(夜)**

春田の『あああ――ッ』という叫び声が、階下から聞こえてくる。

牧　「（溜め息）……」

## 8　同・キッチン（夜）

鍋が噴きこぼれるので、慌てて止める。
黒澤の声「いや、彼に罪はありません。ひとえに私の力不足です。私がまだはるたんに、自分の魅力を伝え切れていないのです」
長ネギを切り始める春田。
春田「いや、十分です……部長」
黒澤の声「黒澤武蔵、打倒・牧凌太をここに宣言させていただきます。敬具」
自分の指を切る春田。
春田「いい痛ッ!!」

## 9　同・牧の部屋（夜）

春田がおかゆを持って来る。

春田「ごめん……（箸でつかむと、伸びる）なんか、お餅になっちゃった」
牧「（苦笑）餅米、使ったんですね」
春田「……俺が食べるわ」
牧「もう家の物、触んないでもらえますか？」
春田「（不甲斐ない）……」

## 10 黒澤の自宅・リビング（夜）

引越の荷物をまとめている蝶子。
蝶子「よし、これでおしまい。（黒澤に）本当に今まで、お世話になりました」
蝶子の傍で、正座してスマホを見つめている黒澤。
黒澤「……」
蝶子「なに、返信がないの？」
黒澤「ちょっと重かったかもしれない……これ、一回送ったメッセージは取り消せないのか？」
蝶子「メールぐらいで何くよくよしてんの、女子高生じゃあるまいし」
黒澤「『おーい、生きてる？』って送ってみる！」

蝶子　「逆効果よ！」
黒澤　「！」
取り乱し、半泣きの黒澤。
黒澤　「どうすればいいんだ、俺は！　ま、牧は若くて……イケメンで、フ、フレッシュで！　そ、それでいて……」
蝶子　「落ち着きなさい！」
黒澤　「！」
蝶子　「恋愛は駆け引きが全てなんだから、頭使わなきゃ！」
黒澤　「(不安そうな目)……」
蝶子　「(溜め息をついて)もうしょうがないわね、作戦を立てるわよ！」

## 11　居酒屋『わんだほう』・店内(夜)

鉄平がギターを弾きながら、ちずの傍で歌っている。
鉄平　「♪ふーられました、ふーられました、男にふられたよー。おーまえなんか、おーまえなんか、忘れてやるからよー」

ちず「ごめん、ちょっとやめてくれる?」
ちずはカウンターに突っ伏すようにして、落ち込んでいる。
鉄平「なんだよなんだよ……春田がそんなに好きなら、今まで伝えるチャンス無限にあっただろう! 遅いんだよ!」
ちず「うるさいな! 気づかなかったの!……ああ、こんなことで凹んでる自分にイライラする」
×　×　×(ちずの回想)
春田「俺、牧と付き合っ……てる」
ちず「(振り返って)……え」
砂に描いた春田との相合い傘が、波でサーッと消される。
×　×　×
鉄平「しょうがねえな……兄ちゃんが言ってやるよ」
と、鉄平が電話を取り出す。
ちず「え、ちょちょちょ、何を?」
鉄平「(呼び出しながら)春田に。ちずが好きだって」
ちず「だーっ、やめてよ! バカ兄!!」

鉄平「ば、バカ兄……!!」
と、ちずと鉄平がスマホを奪い合う。

## 12 天空不動産東京第二営業所・営業部・中（日替わり・朝）

春田が出社し、牧のところに『休み』のマグネットを貼る。
そこにやってきた舞香。
舞香「あら、牧くんどうしたの？」
春田「なんか風邪ひいたみたいで……」
舞香「あらま。ここは優しさを見せるチャンスじゃない！」
春田「いや、そういうのいらないんで」
舞香「おでことおでこで熱を測ってみたら？」
春田「何なんですかその妄想」
舞香「寝てるところを一気に襲っちゃうのも手よ！」
春田「（苦笑）ぜんっぜん俺の話聞かないですね」
春田、自分のデスクに向かって歩き出す。

すると今度は武川が横に並んできて。
武川「予想したとおりだ。お前に牧を守るのは無理なんだよ」
春田「守るって……ただの風邪ですから」
武川「黒澤部長が呼んでる」
春田「あ、はい」
春田、部長室を見る。
春田「……」
春田M「え、何だ!? 牧とのことか!?」

**13 同・部長室(朝)**

春田が部長室に入ってくる。
春田「失礼します」
黒澤「今日の午後、西多摩川のモデルルームにお客様が来るんだが、牧の代わりに行ってくれるか?」
春田「はい、分かりました」

黒澤「よろしく頼む」
ホッとして出ていく春田。
黒澤は顔の前で手を組み、前を見据えている。
黒澤「……」

## 14 同・屋上(日中)

春田と栗林が昼ご飯を食べている。
栗林「分かりますよ。片想いって、辛いっすよね」
春田「え?」
栗林「牧さんのことっす」
春田「いや、だから、どっちかっていうと向こうからの流れなんだけど」
栗林「(肩をバンと叩いて)見栄張らなくていいっすよ。俺と春田さんの仲じゃないすか」
春田「どんな仲だよ」
栗林「(キリッと)正直、この営業所の中で友達と呼べるのは、春田さんだけだと思ってますから」

春田　「友達って……」
栗林　「面倒見いいし、素直だし、一応、リスペクトしてんすよ」
春田　「(複雑で)……おう」
立ち上がり、遠い目で景色を見る栗林。
栗林　「ハードルの高い恋愛って燃えるけど、ムズいっすよね」
春田　「ちずのことだろ？　あいつハードル高いか？」
栗林　「(チッチッチ)蝶子さんです」
春田　「えっ？」
栗林　「今、俺史上、空前の蝶子ブームが来てんすよ」
春田　「え、ちょ、ちょ蝶子!?　え!?　はぁ!?」
栗林　「でも俺、23じゃないっすか。蝶子さん、リアルに50なんすよね」
春田　「いやいやいや(逆に小声で)え、蝶子さんって、それマジで言ってる？」
栗林　「はい」
春田　「えええええっ!?」
栗林　「でも全然相手にされないんで、まずは俺をペットにするとこから始めませんかって言ってるんですけど」

春田「ごめん、何言ってるか分かんねえわ」
栗林「堅いんすよね。人を好きになるのに年も性別も関係ないじゃないっすか」
春田「ん……まあ、うん」

## 15 春田の自宅・牧の部屋(日中)

ピンポーンと玄関のチャイムが鳴る。
牧「?」
ベッドから起き出す、牧。

## 16 同・玄関(日中)

牧がドアを開けると、武川がスーパーの袋を持って立っている。
牧「……え!?」
武川「上がるぞ」
と、構わず上がっていく武川。

牧　「ちょ、ちょちょ！」

## 17　同・リビング（日中）

スーパーの袋から、ゼリーやスポーツドリンクなどを次々と取り出す。
武川「みかんゼリー、好きだろ？」
牧「武川さん……会社は？」
武川「昼休みだよ。ちょうど近くに来たからな」
牧「……」
武川「どうなんだよ、熱は」
牧「別に」
武川が牧を引き寄せ、ゴツンと額を合わせる。
牧「！　ちょ、やめろよマサムネ！」
と、離れる牧。
武川「（ちょっと満足げ）あるじゃないか、熱」
牧「（しんどくて）はぁ……何しに来たんですか」

フラついて椅子に腰掛ける牧。
武川「なんで否定したんだよ。お前ら、付き合ってるんだろ?」
× × ×(武川の回想)
春田「俺と牧は……付き合ってます」
牧「すいません、ちょっと僕には意味が分からないです」
× × ×
牧「ああ……このままホントに付き合って、春田さんは本当に幸せなのかなって、思って……」
武川「(苦笑)なんだそれ。自分の幸せより、相手の幸せか」
牧「……」
武川「じゃあ、お大事に」
と、去っていく武川。
その背を見つめる牧。
牧「……」

## 18 モデルルーム・表~玄関(日中)

モデルルームにやってきた春田。
鍵を使って扉を開けると、玄関にはエプロン姿の黒澤が立っている。
春田「うわっ!」
黒澤「おかえり(ハート)なんちゃって。早いね」
春田「あ、早めに行って先に見ておこうかなって……」
黒澤「はるたんならそうすると思った」
春田「えっ?」
黒澤「ここは初めてだろ? 案内するよ」
と、廊下を歩いていく黒澤。
黒澤「……」

×　×　×(黒澤の新規回想)

自宅で蝶子と作戦会議を立てている黒澤。
蝶子「(溜め息をついて)もうしょうがないわね、作戦を立てるわよ!」
黒澤「……作戦?」
蝶子「まず、あなたのストロングポイントは何?」
黒澤「す、ストロング?」

蝶子「強みよ、あなたの強み！」
黒澤「えっなんだろう、ええっ⁉」
蝶子「書き出すわよ。行動力、包容力、経済力……」
何かに書き始める蝶子。
黒澤「……」
×　×　×
黒澤、左の手の平に書いた『家庭的』の文字を見る。
黒澤「家庭的……」

## 19 同・キッチン（日中）

黒澤が、春田をキッチンに案内する。
黒澤「従来のアイランドキッチンはどうしても調理中の湯気が充満しがちなんだが、ここは最新の換気システムとＩＨヒーターで、そのデメリットを最小限に抑えている」
春田「（メモって）なるほど……」
黒澤「はるたんは普段、料理する？」

春田「えっ、あ、いや〜俺は全然ですね……」
黒澤、リンゴと果物ナイフをサッと取り出し、無言のアピール。
春田「ぶ、部長は料理とかって——」
黒澤「少しね(照れ笑い)」
春田「いや、なんか、お上手そうですよね」
黒澤「黒澤武蔵、ちょっとリンゴを剥いてみまーす」
と、スルスルとリンゴの皮を剥いて見せる黒澤。
春田「(困惑)……」

## 20 同・バスルーム(日中)

黒澤が右手の手のひらに書いた『大人の色気』の文字を見る。
黒澤「大人の色気……」
春田「ああ、お風呂もなかなか広いんですね」
黒澤「二人で入っても広いよね」
春田「そ、そうですね……」

黒澤「はるたんはどこから洗うの?」
春田「僕はそうですね……左足から」
黒澤「へえ……ちょっと一緒にバスタブ、入ってみる?」
春田「えっ!?」
黒澤「シミュレーション」
と、春田をバスルームに押しやろうとする。
春田「ちょちょ、やめてください、何のシミュレーションなんですか!」
黒澤「いいじゃないか!」
抵抗する春田と黒澤が揉み合う格好になり、
黒澤「うあっ!」
春田「あああっ!!」
はずみで二人ともバスタブに収まり、黒澤と春田が体育座りで向き合う。
黒澤「俺はね……どうしても納得がいかないんだ」
春田「えっ……」
黒澤「なんで牧が良くて、俺がダメなんだろうって」
春田「……部長」

黒澤「はるたんにフラれて、そりゃ一度は諦めようとしたさ。これは叶わない恋だったんだって。でもさ……、相手が牧なんだもん。男なんだもん。話が違うじゃない。そんなの火ぃ、点いちゃうじゃない！」
春田「……」
黒澤「2番目の男でもいいです」
と、迫る黒澤。
春田「いやいやいや、やめてください部長」
黒澤「待ちます！」
春田「いやいや、待たれても困りますそれは！」
ピンポーンとチャイムが鳴る。
黒澤「(切り替えて)……お客様だ」
黒澤がバスタブを出て、立ち去っていく。
一人、バスタブに取り残された春田。
春田「……」

## 21　スーパーの前(夕)

牧が買い物袋を提げて、スーパーから出てくる。
そこに会社帰り(スーツ姿)のちずと遭遇し。
ちず「あれ、牧くん?」
牧「(気づいて)!?」

## 22 路上(夕)

牧とちずが歩いている。
ちず「風邪? なのに、出歩いて大丈夫なの?」
牧「晩ご飯、作らないといけないんで」
ちず「えええ! 今日ぐらい春田に作らせなよ」
牧「いいんです。もうだいぶ熱も下がったし」
ちず「……完璧だね、牧くんって」
牧「買いかぶりです。俺なんて欠陥だらけですよ」
ふいに立ち止まるちず。
ちず「ねえ牧くん」

牧　「……はい」
ちず　「私……春田に告白してもいい？」
牧　「えっ!?」
ちず　「ああ、でもね、違うの。二人が付き合ってるのは知ってるし、それを邪魔するつもりはないんだけど、全然」
牧　「……」
ちず　「なんか、自分の中に区切りをつけたいっていうか、ただの自己満」
牧　「ちずさん……」
ちず　「自分がスッキリしたいだけなんだ。それ以上、何かを望んでるわけじゃないから」
牧　「……はい。僕は大丈夫です、全然」
ちず　「（微笑み）やっぱり完璧だよ、牧くん」
牧　「（照れる）……それじゃ」
ちず　「うん」
ちず、歩いていく。
牧、そんなちずの背中を見る。
牧　「（複雑）……」

## 23　春田の自宅近くの路上（夜）

停車する一台の社用車。

## 24　停車中の車内（夜）

春田「すみません、送って頂いて」
黒澤「……こっちこそ、今日は助かったよ。お客様も気に入ってくれたようだ」
春田「はい。お疲れ様でした」
と、春田が降りていく。
黒澤、袖をめくると、腕に『情熱』と書いてある。
×　　×　　×（黒澤の新規回想）
蝶子と作戦会議をしている黒澤。
蝶子「最後は情熱。あなたの思いの丈をぶつけてやるのよ！」
×　　×　　×
黒澤「（決意して）……よし」

## 25　春田の自宅近くの路上（夜）

車を降りて、歩いていく春田。
運転席のパワーウィンドウが開いて、黒澤が顔を出し、後方を見て。
黒澤「はるたん！」
春田「（振り返る）？」
ブレーキランプを5回点滅させる黒澤。
春田「え？　……さ、よ、う、な、ら？」
黒澤「アイシテルだよ！」
黒澤の顔が車に引っ込み、パワーウィンドウが閉まる。
春田「（唖然）……」

## 26　居酒屋『わんだほう』・店内（夜）

蝶子と栗林がカウンターで並んで飲んでいる。
カウンター越しには鉄平がいる。

鉄平「はい、熱燗」
栗林「今日は引越祝いで、俺のおごりです」
栗林が見ると、蝶子はスマホを見ている。
蝶子「(独り言で)アイシテルのサインが通じない……ええ、どういうこと!?」
栗林「蝶子さん?」
蝶子「うわ、ショック!」
栗林「あの!」
蝶子「えっ?」
栗林「……もう離婚したんですよね、部長と」
蝶子「したわよ。でも、いつまでもグズグズしてるから……」
栗林「何をしたら、俺に振り向いてくれるんすか?」
蝶子「え?」
栗林「俺、本気なんすけど」
鉄平「♪本気と書いて、マジと読んだあの夏～」
栗林「うるさいっす!!!」
鉄平「(ビクッとして)……あ、ごめん」

と、切なげに去っていく鉄平。
蝶子「悪いけど、私は子供に興味はないんですー」
栗林「でも蝶子さんあん時、俺の胸で泣いてたじゃないすか」
×　×　×(栗林の回想)
栗林は蝶子を抱きしめている。
栗林「じっとして。……ほら……心臓の音を聞くと、安心するでしょ?」
×　×　×
蝶子「あ、あれは……酔っ払ってたから!」
栗林「終わったことにいつまでもしがみついて、応援なんかしちゃって……それって惨めじゃないですか?」
蝶子「あんたに何がわかんのよ!」
栗林「部長のことは俺が忘れさせます、だから——」
と、蝶子のスマホを奪い取ろうとして、
蝶子「やめなさい!　……そういうところが子供だって言ってるの」
栗林「……」

## 27　春田の自宅・ダイニング〜リビング（夜）

春田が帰宅すると、テーブルに料理が並べられ、洗濯物もキレイに畳まれている。
春田「……！」

## 28　同・牧の部屋（夜）

春田「ただいま」
と、牧の部屋に入って来る。
ベッドで本を読んでいる牧。
牧「あ……お帰りなさい」
春田「寝てないとダメだろ……家事なんかするなよ」
牧「んーでも『俺のメシはどうすればいい？』って、言われそうな気がして」
春田「そこまでヒドくねえわ」
牧「……冷蔵庫にチキンサラダが入ってます」
春田「サンキュ」

牧　「(本に目を落とす)……」
春田　「……」

## 29　同・キッチン〜ダイニング(夜)

春田が冷蔵庫を開けると、みかんゼリーやスポーツドリンクが大量に入っている。
振り返ると、パジャマ姿の牧が降りて来ている。
春田　「……え?」
牧　「俺も腹減ったんで一緒に食います」
春田　「今日、誰か来た?」
牧　「え?」
春田　「みかんゼリーとか、たくさんあるから」
牧　「ああ……」
春田　「誰?　ちず?」
牧　「いや、自分で買ったんですよ」
春田　「こんなに?　え、普通こんな買い方(しなくね?)」

牧、春田の言葉を塞ぐようにキスする。
春田「！　ちょ、ちょ、おい！　なんだよ！」
と、離れる春田。
牧「……なんか、うるせえなあと思って」
春田「は、はぁ？　こんな、お、おま、う、うつったらどうすんだよ！」
牧「人にうつすと治るって言うじゃないですか」
春田「（首を捻り）はぁ？　何言ってんの？」
春田は動揺しながらテーブルにつき、ごまだれをおかずにかける。
牧「ごまだれ、そっちじゃないです」
春田「あ、マジか」
ごまだれをチキンサラダにかけなおす春田。
牧「……すいません」
春田「いや、いいけど、もう」
牧「（ゼリーを食べる）……」
春田「……部長がさ、またグイグイ来て、困ってる」
牧「相手が俺だって分かったからですよね」

春田「そう」
牧「……俺も武川さんがグイグイ来ます」
春田「相手が俺だって分かったから？」
牧「はい」
春田「やっぱ、言うべきじゃなかったか」
牧「……」
春田「……」
牧「春田さんはホントに俺でいいんですか」
春田「は、何が？」
牧「相手が俺で」
春田「い、いいよ……それは」
牧「じゃあ……。次の休み、ウチの親に会ってもらえませんか？」
噴き出しそうになる春田。
春田「ちょ、急だな!! なんで!?」
牧「なんでって……付き合ってるなら普通、親に紹介するじゃないですか」
春田「え、え、それ、俺はどういうテイで行けばいいの？ え、む、息子さんを僕に下さい

牧　とか、言う感じ!?」
春田「バカじゃないですか」
牧「ええっ……こんなのが行って、ご両親、腰抜かしたりしない!?」
春田「大丈夫ですよ。別に春田さんが初めてなわけじゃないし」
牧「……そっか。じゃ、じゃあ」

## 30　牧の自宅・リビング（日替わり・日中）

牧の父・芳郎(59)が厳しい顔つきで、牧と春田に対峙している。
芳郎「ふざけるなぁああ!!」
ドーンッ!とテーブルを叩く。
春田「ひぃいい!!」
春田、キッと牧を見て。
春田M「いやいやいや!　話が違うじゃん!　何だよこの空気!」
牧「春田創一さんと真剣にお付き合いをしています。どうか、交際を認めて下さい」
春田「お、お、お願いします!」

と、頭を下げる二人。
芳郎「認められるわけないだろ！　なんだこのふにゃーっとした男は！　っていうか、なんで男なんだ!!」
牧「……お父さんには言ってなかったけど……僕は男性が好きなんです」
芳郎「(唖然)……」
春田M「え、今!?　今、初カミングアウトなの!?」
牧「春田さんは、会社の先輩です」
芳郎「ウチの大事な息子に、お前は一体何なんだよ！　どういうつもりだ!!」
春田「いや、あの……」
牧「(芳郎に)春田さんは別に、何も悪くないんで」
春田「ぼ、僕も最初はエッって感じではあったんですが、だんだん牧さんの魅力に……」
芳郎「もういい!!　何も聞きたくない！　気分が悪い！」
と、立ちあがる芳郎。
春田「待ってください、お父さん！」
芳郎「お前のお父さんじゃない！」
去っていく芳郎。

入れ替わるように母・志乃(56)がお茶などを運んできて。
志乃「あらら、ごめんなさいね、せっかく来てくださったのに」
春田「い、いえ……」
志乃「気にしないでね。主人もちょっとびっくりしただけだと思うから」
春田「いや、そんなレベルには全然見えなかったですけど……」
志乃「あなたたち夕飯、食べて行くでしょ?」
春田M「……いやいやいや、お母さん、この状況分かってます?」
牧「食っていこうかな」
春田M「ええええっ!?」

**31　同・ダイニング〜リビング(夕)**

ソファで、不機嫌そうに一人新聞を読んでいる芳郎。
一方、ダイニングで食卓を囲む春田、牧、志乃、そら(19)。
そらは春田好みのロリ巨乳である。
そら「イケメンじゃん、今度の彼氏!」

牧　「今度の、とか言うな」
そら　「ごめん、(春田に)そらって言います！」
春田　「(デレデレと)よろしくね。(牧に)おい、こんな可愛い妹がいたのかよ！」
牧　「中身は空っぽの、そらです」
そら　「ウザッ！」
志乃　「ルームシェアするって聞いて、迷惑かけてないかなって心配だったの。でも仲良さそうで良かった」
春田　「いや、僕もまさか、付き合うことになるとは思ってなくて」
そら　「でも、今回は本気なんだね」
牧　「は？」
そら　「だってお父さんがウチにいる時に連れてきたの、初めてじゃん」
志乃　「ああ〜確かにそうね」
春田　「本気……」
そら　「でも急だよ。お父さんには先に言っとかないと。物事には順序ってものがあるじゃん」
春田　「(牧に)いや、ホントだよ」
牧　「(黙々と食べている)……」

芳郎がどこかへ行ってしまう。
そら「(小声で)春田さん、チャンス!」
春田「え?」
そら「お父さんお風呂に行ったから、背中流してきたら?」
春田「いやいや、全然そんな距離感じゃないし! めちゃくちゃ怒ってるから!」
志乃「いいかもしれない。男同士、裸の付き合いで打ち解けるかも!」
春田「いやいや、ないない」
そら「お父さん、若い人の熱意に弱いから」
牧「ああ……」
春田「今は絶対やめといたほうがいいでしょ!!」
志乃「はい、バスタオル!」
と、バスタオルを渡す志乃。
春田「……」

## 32 同・風呂場(夕)

ガチャっと扉が開いて、タオルを腰に巻いた春田が入って来る。
春田「お父さん、失礼します！」
芳郎「出ていけ、バカ野郎！！！」
バシャーーンッとお湯を掛けられる春田。
春田「熱ッ！！　熱ッ！！　ほらぁあああ〜〜……！！」

**33　帰り道（夜）**

歩いている春田と牧。
牧「なんか、すいませんでした」
春田「いやいや、メシも超うまかったし。っていうか、牧の作るメシとおんなじ味でびっくりした」
牧「結局、俺……自分が安心したかっただけ……ですね」
春田「別にいいよ。俺も牧の家族と、もっと仲良くなりたいし」
牧「……春田さん」
春田「いやあ……それにしてもそらちゃん可愛かったなあ。だってあんな（巨乳のジェスチャー）……マジでちょっと好きに（なりそう）」
ガツッと春田のスネを蹴る牧。
春田「あいたッ!! 冗談だよ!! いってぇ……!!」
牧「ホント、この人油断ならない」
春田のスマホが着信する。
春田「（電話で）もしもし？……あ、ちず？」
牧「……」
春田「（電話で）ああ、うん……分かった……うん……はい」
牧「……」
春田、電話を切って。
春田「ちょっと、わんだほうに寄るけど、行かない？」
牧「ああ……病み上がりなんで、先帰ってます」
春田「そっか。まあ、俺もすぐ帰るわ」
歩いていく春田と牧。
牧「……」

## 34　春田の自宅・表（夜）

牧がドアノブを回すと、鍵が開いている。
牧「（エッとなる）……？」

## 35　同・リビング（夜）

リビングに入ってくると、春田の母・幸枝が棚を物色している。
牧「えっ!?」
幸枝「ひゃあっ!?」
牧「え、泥棒!?（何かを持って構える）」
幸枝「（何かを持って構えて）泥棒！　えっ誰!?」
牧「え、あっ……えっと、牧です！」
幸枝「母です！」
牧「あ、母……ああ、すみません。初めまして、春田さんとルームシェアをさせて頂いている者です」

幸枝「あ、そう……だったの。こんな夜分にごめんなさいね。急に銀行印が必要になっちゃって」
牧、幸枝、互いに持っているものを置く。
牧「……今、お茶淹れますね」

**36　居酒屋『わんだほう』・外観（夜）**

**37　同・店内（夜）**

カウンターにいるちずと、キッチンで後片付けをしている鉄平。
店に入ってくる春田。
春田「こんばんは～」
鉄平「ごめん、今日もう終わっちゃったわ～！」
ちず「ああ、私が呼んだの」
鉄平「あ、そうなんだ？」
いつになく女性らしい格好をしているちずに、春田が気づいて。

春田「あれ、今日(その格好)どうしたの?」
ちず「いや、別に」
春田「……」
ちず「……」
二人の微妙な空気を察する鉄平。
鉄平「ああ~こんにゃくが切れてるなあ。お前ら、ちょっと買ってきてくんない?」
ちず「えっ!?」
春田「え、もう終わったんでしょ?」
鉄平「だってほら、こんにゃくバターサンド、食べるだろ?」
春田「いや、いらないけど……」
鉄平「ちず、ほら、春田と、こんにゃく、10個!」
ちず「……」

**38　春田の自宅・リビング(夜)**

引き出しの中から銀行印を見つける幸枝。

幸枝「あったあった。これで色々手続きができる。どうもお邪魔しました」
牧「ああ、春田さん、もうすぐ帰って来ると思いますよ」
幸枝「いいの、今あの子と喧嘩してるのよ。喧嘩っていうか、あまりにもだらしないから腹が立って」
牧「……」
幸枝「一人息子だから、甘やかしすぎたのよね……本当にこのままじゃ結婚できないと思うのよ。そう思わない？」
牧「……まあ、そうですね」
幸枝「私だっていつまで元気でいられるか分からないし……孫の顔も見たいじゃない？」
牧「……」
幸枝「早くちずちゃんとくっついてくれたらいいのに。あの子、小さい頃からずっと、ちずちず言ってたのよ？　知ってる？　ちずちゃん」
牧「はい、素敵な方ですよね」
幸枝「そうなの。でもねえ……ちずちゃんにも選ぶ権利あるもんねえ」
牧「（苦笑い）……」

## 39　同・玄関（夜）

幸枝「牧くんだっけ？」
牧「はい、牧です」
幸枝「あなたがいたら安心だわ。ずっと創一の友達でいてね」
と、牧の手を握り締める幸枝。
牧「……（笑顔で）はい」
幸枝「じゃあ、お邪魔しました」
と、家を出ていく幸枝。
牧「……」

## 40　同・リビング（夜）

牧、リビングに戻ってくると、テーブルに幸枝のストールが置いてあるのに気づく。
牧「あっ……！」
ストールを持って、家を飛び出していく。

## 41　路上（夜）

コンビニの袋を提げて歩く春田とちず。
春田「絶対、こんにゃく10個もいらないよな……」
ちず「……」
春田「……ちず、なんか用だった？」
ちず「え？」
春田「急に電話してきたから」
ちず「……あーやっぱりどうしよっかなあ。春田の顔見たらなんかムカついてきた」
春田「なんだよ」
ちず「なんか悔しいんだよね、負けたみたいで」
春田「何が？」
ちず「……」
春田「……」
ちず、立ち止まり。大きく息をついて。
ちず「好き」

春田「え？」
ちず「……だから春田のことが好きなんだってば」
春田「……」
ちず「んーいや、なんだろ、ほんと、全然タイプじゃないし、どっちかって言うと嫌いって思うことも多いんだけど」
春田「……」
ちず「好きだったみたい」
春田「……マジか」
ちず「ああでも別に付き合って欲しいとか、そういうんじゃないから」
春田「……」
ちず「単に言いたかっただけ」
春田「……え、いつから？」
ちず「そういうのいいし」
春田「え、何だよ、ええっ!?　ええっ!!　そんなの、俺だって……」
そこにやってきた牧。幸枝が見つからず、周囲を見渡すと、視線の先に春田とちずがいることに気づく。

ちず「はい、おしまい！　鈍感ボーイはさっさと愛の巣に帰って。牧くん待ってるよ」
ちずは、春田の持つスーパーの袋を奪い取り、
ちず「じゃあね！」
と、さっさと歩いていく。
春田「おおい……なんだよ！　おい……ちず！」
と、春田がちずの手を取り、振り向かせると、泣いている。
ちず「（泣いている）……」
春田「……え」
ちず「……違う、花粉症だか（ら）」
思わず、抱きしめる春田。
そんな二人を遠くから見ている牧。
牧「……！」
その場を立ち去る牧。

## 42　春田の自宅・外観（時間経過・夜）

## 43　同・リビング（夜）

春田「ただいま」
と、入って来る春田。
リビングで洗濯物を畳んでいる牧。
春田「ごめん遅くなった。風呂入るわ」
牧「春田さん」
春田「あ、牧、先に入る？」
洗濯物を見せる牧。
牧「……色物と一緒にいれたら、色がついちゃうんで」
春田「ああ、またやった。ごめん」
牧「風呂も、上がったら換気扇回さないとカビるって、いつも言ってますよね」
春田「おう……どうした？」
牧「あと生ゴミは火曜日なんで……まあ、いいや」
春田「なんで怒ってんの？　あ、わんだほうに行ったから？」
牧「違います」

春田「……じゃあなんだよ。言ってくれないと分かんねえよ」
牧「……」
春田「……」
牧「結局……幸せじゃないんですよ、俺」
春田「え？」
牧「春田さんと一緒にいても、苦しいことばっかりです」
春田「……」
牧「ずっと苦しいです……」
春田「（困惑）どうした……どうしたんだよ牧……ええ？」
牧「……」
×　×　×（牧の回想）
異動してくる牧と、目が合う春田。
×　×　×（牧の回想）
風呂場でキスをする牧と春田。
×　×　×（牧の回想）
サンドイッチマンをして立つ牧と春田。

×　×　×（牧の回想）
牧をバックハグする春田。
など、春田との楽しかった日々が思い返されて。
×　×　×
牧「……別れましょう」
春田「え？」
牧「……」
春田「いや、別れるってなんだよ」
牧「もう……春田さんのこと、好きじゃないです」
春田「いや何、急に意味分かんねえよ」
牧「（顔を背ける）……」
春田「なんだよ……俺、家事も頑張るし、いつか牧のお父さんにも認めてもらえるように努力するから！」
牧「俺のことは……忘れてください」
春田「おい、どういうことだよ！」
と、手を掴む春田。

振り払う牧。
弾みで春田は尻餅をつく。
春田「！　なんなんだよ（と、見上げる）」
牧「（泣いている）……」
春田「……えっ!?」
牧「（泣いている）俺は、春田さんのことなんか、好きじゃない」
春田「……」
牧「（泣いている）……今までありがとうございました」
頭を深々と下げる牧。
春田「（呆然）……」
春田N「牧は翌日、荷物をまとめて、家を出て行った」

## 44　春田の自宅（一年後・朝）

T※『一年後――』
春田N「それから一年の月日が経った」

※テロップ（以下、T）

リビングの雰囲気が少し可愛らしくなっている。
春田がパジャマ姿でリビングに降りてくる。
春田「……やべぇ、寝坊した！」
キッチンに立つ、エプロン姿の黒澤が振り返る。
それはスローな世界で……。
黒澤「おはよう、はるたん」
春田N「なぜか俺は、部長と同棲している」

最終話に続く

# #7

## HAPPY HAPPY WEDDING!?

## 春田の自宅

キッチンに立つ、エプロン姿の黒澤が振り返る。
それはスローな世界で……。
黒澤「おはよう、はるたん」
春田N「なぜか俺は、部長と同棲している」
ぐるぐると時間が巻き戻って。

## 1　点描（一年前・日中）

T　『一年前――』
営業所のフロアを歩く春田。
春田N「牧と別れた後、会社では仕事以外の会話はほとんどなく」
牧とすれ違いざまに、
春田「あ、牧……あのさ」
牧「すいません、これから会議なので」

去っていく牧の背中に、
春田「……んだよっ！」
×　×　×
朝、自宅の廊下で目覚め、スマホを見る春田。
春田N「気晴らしに合コンへ行っても、新しい出会いはなく」
スマホには『楽しかったよ。今度また飲もう！』と送った春田のメッセージの後に『杉原未玖はグループを退会しました』『吉井優香はグループを退会しました』『島崎由依はグループを退会しました』とある。
春田「え、なんでっ⁉」
×　×　×
寝癖全開、しわしわのシャツがズボンからはみ出した状態で出社してくる春田。
春田「すいません、気づいたらこんな時間で……すいません！」
春田N「こうしてまた徐々に時間をかけて、俺は元の堕落した生活に戻っていった」
牧、そんな春田を見ている。
牧「……」
そして、部長室から心配そうに見る黒澤。

黒澤　「（心配で）……」

## 2　春田の自宅（日中）

春田N「そんな俺を見かねた部長が、時々家に来てくれるようになった」
散乱した靴下を拾っている黒澤。
春田　「（気づいて）あ、あああ、部長！」
×　×　×
料理に激しくオリーブオイルをかける黒澤。
不器用に食器を並べる春田。
春田N「月に一度が、やがて週に一度――」
×　×　×
腕まくりして、風呂掃除をする黒澤。
春田N「三日に一度――」
春田　「このタオル、洗濯します？」
×　×　×

汚れ物を洗濯機に入れていく黒澤。
春田のズボンのポケットに手を入れる。
黒澤「……あれ？」
春田は、ポケットティッシュを掲げて。
春田「(得意げに)抜いてまーす」
黒澤「やればできるじゃーん！」
春田N「そして気づけば、僕と部長は一緒に暮らしていた」
ぐるぐると早送りになる。

## 3　天空不動産東京第二営業所・営業部・中(現在・日中)

T『現在――』

キビキビと出社する春田、武川とフロアですれ違う。

春田「おはようございます」

武川「おはよう」

春田N「今の暮らしが正解なのかはよく分からない。ただ、部長のおかげで自分の事はちょっとずつ自分でできるようになったし、仕事もなんだか、1UPした気がする」
営業成績のグラフも、春田は4位ぐらいにアップしている。
宮島「春田さんなんか最近、活き活きしてますね」
春田「え、そうかな?」
そこに舞香がやってきて、
舞香「社内誌を部長のお宅に郵送したいんだけど、住所って……」
春田「ああ、俺の家でいいです」
舞香「そうよね!」
春田N「周りの目も、自然と気にならなくなった」
春田がデスクに戻ってくる。
牧がその近くで、資料を整理している。
春田N「そして俺と牧については……」
牧「さっき、部長が呼んでました」
春田「お、おう、サンキュ」
春田N「ごく普通な? 元の先輩後輩に? 戻ったと思う」
笑顔からスッと真顔に変わって、去っていく牧。

そんな二人を見ている舞香。
舞香「……」

## 4　同・部長室（日中）

春田が入って来ると、黒澤は顔の前で手を組み、前を見据えている。
春田「失礼します」
黒澤「（深刻）……」
春田「部長？」
黒澤「実は今度、本社の開発事業部が立ち上げる新規プロジェクトのメンバーに、春田はどうかと打診があった」
春田「えええっ、新規プロジェクト!?　なんで俺が!?」
黒澤「ここ数ヶ月の営業成績が、上層部の目に留まったんだろう。この話、受けるか？」
春田「は、はい！　もちろんです！　是非！」
黒澤「今ならまだ、断れるぞ」

春田「いやいや、受けます受けます！」
黒澤「ただ一つ問題があって、このプロジェクトの拠点は東京じゃないんだ」
春田「え？」
黒澤「上海だ」
春田「……えええええっ!?」

## 5　同・接客スペース（日中）

春田と牧が新しい住宅情報を壁に貼っている。
牧「……上海？」
春田「そう。急に決まってさ……びっくりしたわ」
牧「……」
春田「行くのは来月ぐらい？　らしいけど」
牧「……そうですか」
春田「おう」
そこに、舞香も住宅情報を貼りに来て、

舞香「ちょっと、上海に転勤だって？　おめでとう！」
春田「情報早いですね」
舞香「部長とはどうするの？　別れるの？」
春田「いや、別に、付き合ってるわけじゃないから……」
牧「！」
舞香「えええっ、一緒に住んでるのに!?　まさかのプラトニック!?」
そこに武川も住宅情報を貼りに来て、
武川「黒澤部長、早期退職するって噂があるぞ」
春田・舞香「えっ!?」
牧「……」

## 6　春田の自宅・ダイニング～リビング（夜）

帰宅する春田。
春田「ただいま」
ソファに上海ガイドブックがそれとなく置いてある。

春田M「……えっ!?」
テーブルを見ると、結婚情報誌『セクシィ』が置いてある。
春田「!!」
雑誌を拾い、ページをめくると花嫁のウエディングドレス姿が。
春田M「えええええっ!?……け、け、結婚!?」
すると、上階から黒澤の上海語が聞こえてくる。
黒澤の声「(上海語で)ここから上海駅までタクシーで行きたいのですが」
春田M「えっ!?」
黒澤の声「(上海語で)有難うございます。とても助かりました」
春田M「(パニック)えっ、早期退職って、そういうこと!?」
春田N「神様。人を愛するとは、一体どういう事なのでしょうか」

**メインタイトル**
**『おっさんずラブ　最終話　HAPPY HAPPY WEDDING!?』**

**7　ショッピングセンターのカフェ**

ピエロが風船を配り、子供たちで賑わっている。
カフェの一角に座る春田と黒澤。
買い物袋がいくつか置いてある。
コップに浮かぶ『おっさんずラブ』の文字。
その水を一口飲んで。
春田「買い物、付き合って頂いてすみません」
黒澤「引越の準備って、大変だもんね」
そこに店員がやってきて。
店員「ご注文はいかが致しましょう?」
黒澤「俺はラザニア」
店員「ラザニアがお一つ」
春田「じゃあ俺はチーズインハンバーグのセット」
店員「(止まる)……」
春田「……え?」
そこへやってきた店員も止まる。
春田「えっ!?」

黒澤「(キョロキョロして)ん、なんだなんだ?」
春田・黒澤「!?」
次の瞬間、音楽が掛かって、店員やピエロたちが踊り出す。
春田「なになに……え?」
黒澤「何だこれは……」
ピエロに誘われ、子供たちが踊りの輪に参加する。
同様に老夫婦やカップルが参加する。
戸惑いながらも楽しそうである。
黒澤「(ウキウキして)参加しちゃう? 来ちゃうんじゃない、ピエロ」
春田「いや、僕は大丈夫です(苦笑)」
案の定、やってくるピエロ。春田の手を引く。
春田「え、いや、僕はいいですって!」
黒澤「おお!(驚く) ははは、ブラヴォー!」
驚きながらも促す黒澤。
子犬の目で連れ去られる春田、踊りの輪の中に入る。
ぎこちなく踊り出すが、ちょっと楽しくなる。

すると、音楽が止まり、踊っていた人たちが一斉にフリーズする。

春田「えっ？　あれ？」

振り返ると、黒澤の姿が見えない。

春田「え？　部長!?」

と再び音楽がスタートする。振り返る春田。

春田「!?」

先ほどとは打って変わって、ズラリと整列している群集。階段まで埋め尽くされている。

その頂点からせり上がってくる黒澤。

完全にマイケル・ジャクソンである。

春田「え？え−!!!?」

群集が割れ、その中を悠然と歩くマイケル黒澤。

春田「……」

黒澤の動きに合わせて、ギンギンに踊る群集。

その背後では傘でハートマークを作ったりしている。

ノリにノったマイケル黒澤が春田の前で跪いて。

黒澤「……僕と、結婚して下さい！」

と、指輪の箱を開ける黒澤。
春田「……えっ、あっ、えっ！　ああっ！」
春田が周りを見ると、皆が満面の笑みで祝福モード。
黒澤「お願いします!!」
春田「あ、あっ……」
周りの人たちはニコニコと、期待感あふれる視線を向けている。
春田「は、は、はい、ぼ、僕でよけ、れば……」
春田M「おい！　何言ってんだ、おい！」
ドーンと紙吹雪が舞う。
皆が『おめでとう！』と声をかけ、拍手で祝福する。
黒澤「（感動）……はるたん！」
春田「（唖然）……」
春田N「そしてこの出来事は、翌日の朝礼でただちに報告された」

## 8　居酒屋『わんだほう』・店内（日替わり・夜）

春田とちずがカウンターの隅で話している。
ちず「結婚!?　おめでとう!!」
春田「(頭抱えて嘆き)あ――――もう本気で訳わかんねえ!!」
鉄平「えぇぇっ!?　誰と結婚すんだよ!?」
ちず「部長さんとだって」
鉄平「ぶちょ、え、部長って……あの部長!?」
春田「いや、声がでかいから、マジで!」
鉄平「そ、それってどっちがウェディングドレス着んの?」
春田「……え、部長?……俺!?　いやいやいやいや……ないないないない!!」
ちず「バカじゃないの。どっちもタキシードでいいじゃん」
春田・鉄平「(納得)……」
春田「っていうか、よくよく考えたら同性で結婚って……できないよね?」
ちず「ん～、でも今はパートナーシップ宣言とか色々あるし、それに式を挙げるのは自由じゃん?」
春田「……そっか、そうだよな」
鉄平「部長さんは、愛に形が欲しいんじゃねえか?」

ちず「そうかもね」
春田「なんだよ形って、うあああもう……」
と、頭を抱える春田。
そこに舞香が入って来る。
舞香「こんばんは、あっ……」
春田・ちず「……！」
舞香「あ、えっと、あ、また来ます」
と、帰ろうとする舞香。
鉄平「ああ、あいてるよ、まいまい！」
春田「……まいまい!?」

9 路上（夜）

春田とちずが歩いている。
ちず「あの二人、付き合ってるみたい……先月ぐらいから」
春田「マジか、知らなかった……」

ちず「まあ、兄貴がこれで結婚してくれるなら、妹としてはなんか安心だけどね」
春田「……なあ、ちず」
ちず「何?」
春田「結婚ってさ……何!?」

## 10 バー・店内(夜)

栗林と蝶子がカウンターで飲んでいる。
蝶子「ん～そうねえ、私の時は勢いで結婚したから、意味なんて深く考えなかったけど」
栗林「でも、好きすぎてヤバいから、結婚するんすよね?」
蝶子「(微笑み)マロは子供だね」
栗林「いやいや、俺もう23っすよ」
と、ウィスキーをグッと飲む栗林。
栗林「(店員に)チェイサー!」
蝶子「結婚してる時は分からなかったけどさ……離婚したら、ああ、自分の足りないところは、あの人が埋めてくれてたんだなって思った」

栗林「じゃあ……今度は蝶子さんの足りないとこ、俺が埋めますよ」
蝶子「いやいや、マロには無理だよ」
栗林「なんで！」
チェイサーを飲む栗林。
栗林「……部長、春田さんと結婚するっぽいっすよ」
蝶子「……そう。いいんじゃない？」
栗林「……」
蝶子「あの人には、ちゃんと幸せになって欲しいから」
と、ウィスキーを飲む蝶子。

**11　マンション・表～路上（日替わり・日中）**

管理人の松永敏恵（57）と話している春田と牧。
松永「じゃあ、気をつけて行ってきてね！」
春田「うん、おばちゃんも元気でね！」
牧「失礼します！」

× × ×

春田は紙に書いたオーナーのリストを見ながら、牧と歩いている。
春田「(リストを見て)まあ……昔からお付き合いのある人はこんなもんかな。あとは俺、電話で説明しとくから」
牧「……できるだけ、廻りませんか？」
春田「え？」
牧「その方がオーナーさんも安心すると思いますし、俺も助かるんで」
春田「マジメか！」
牧「(微笑み)……」

**12 天空不動産東京第二営業所・営業部・中(夜)**

牧と武川が残業している。
資料を整理している牧のもとに、武川がやってくる。
武川「急いで引き継がなくても、まだ時間あるだろう」
牧「(資料を見ながら)まあ、そんなに多くないんで」

武川「……本当にいいのか」
牧「(資料を見ながら)何がですか?」
武川「このまま春田を行かせていいのかってことだよ」
牧は、武川を見て微笑み、
牧「いいに決まってるじゃないですか。仕事ですし」
武川「良くねえだろ」
牧「……僕には関係ないことですから」
立ちあがる牧の胸ぐらを武川が掴み、ドーン!と壁に押しつける。
牧「!!」
武川「お前がそうやっていつまでも春田と向き合わないから、俺はお前を諦めきれない……」
牧「……」
武川「相手の幸せのためなら、自分は引いてもいいとか、どっかのラブソングかよ。……そんなに綺麗事じゃねえだろ、恋愛って」
武川、去っていく。
牧「……」

## 13　結婚式場・接客スペース（日替わり・日中）

ウェディングプランナーと打ち合わせをしている春田と黒澤。
春田N「次の日から、部長に促されるまま、式の準備がトントン拍子で進んで行った」
黒澤「とにかくお花がたくさんあるイメージで、ＢＧＭはピアノの生演奏でしょ、あとできればテーブルごとにバルーンがあって……」
プランナー「かしこまりました」
黒澤「招待客はどうする、80、80？」
春田「いや、俺そんなにいないです、全然いないです」
黒澤「ああ……席次表も、ウェルカムボードも作らないと。やることが多いな」
春田「……」
春田N「俺の気持ちがまだ、そこまでウェルカムじゃないこと、部長にどう伝えたらいいのだろう」

## 14　居酒屋『わんだほう』・表（夜）

『本日貸切』の札が掛かっている。

## 15　同・店内(夜)

営業所のメンバーが集まり、結婚のお祝い会が行われている。
カウンターの隅で飲んでいる、春田とちず。
**春田**「マリッジブルーってやつ?」
**ちず**「なにそれ(苦笑)」
**春田**「なんか、ずっとこの辺り(胸を指して)がザワザワすんだよ」
**ちず**「OKしたなら覚悟決めて、前に進むしかないでしょ?」
**春田**「OK……まあ、うん……OK?」
**ちず**「あのさあ。もういい加減、ちゃんと応援させてよ!」
**春田**「……はい」
×　×　×
春田がテーブル席に合流して。
**舞香**「ねえ、新婚旅行はどこに行くつもりなの?」

春田「えっ、新婚旅行……？」
黒澤「まだ、何も考えてない。春田の仕事が向こうで、落ち着いてからだな」
舞香「あの私、部長が早期退職するという噂を耳にしたんですけど」
栗林「えっ、上海について行っちゃう感じっすか!?」
一同、黒澤に注目する。
黒澤「一瞬、どうしようか迷ったが……俺は東京に残ることにした」
一同「(ザワッと)……」
春田「……」
牧「……」
黒澤「これまで以上に、みんなとこの営業所を盛り上げていくつもりだ」
栗林「よっ、黒澤！」
と、拍手する一同。
武川「じゃあ、もう一回乾杯しますか！」
盛り上がっている最中、牧がスッと外へ出て行く。
ちず「(気づいて)……？」

## 16　同・表（夜）

店を出てきたちずが、牧の背中に声を掛ける。
ちず「牧くん！」
牧「（振り返り）……」

## 17　海の見える橋とか（夜）

ちずと牧が、缶ビールを持って話している。
牧「明日、早いんです。本社で朝から会議があるし、まだ引き継いだ資料の整理が終わってないし、それに……」
ちず「私、何も言ってないよ」
牧「……」
ちず「辛いんでしょ。二人を見てるのが」
牧「まさか（苦笑）。もう、別れて一年ですよ」
ちず「……私は辛かったよ」

牧「……てっきり、あの後、春田さんと付き合うのかと思ってました」
× × ×(牧の回想)
泣いているちずを抱きしめる春田。
それを離れたところから見ている牧。
× × ×
ちず「私もちょっと思ってたんだけどね。でもいつか絶対、春田なんか比べものにならないほどの完ッ璧な、わっかいイケメンの執事と結婚するって決めてるから」
牧「(苦笑)……」
ちず「笑うな！」
牧、ビールの缶を開けて、グッと飲む。
牧「……つれぇ」
ちず「……じゃあ、何で別れた？」
牧「……」
ちず「……」
牧「好きだから」
ちず「え？」

牧「本当に好きな人には、幸せになってもらいたいじゃないですか……。家族のこととか、世間の目とか、いろんなことを考えたら、巻き込むのが怖くなったんです」
ちず「……すごいね」
牧「いや、結局、自分が傷つく前に逃げただけです」
ちず「……」
牧「そんないいヤツじゃないですから、俺」
ちず「そう？」
牧、橋の上から、海に向かって叫ぶ。
牧「(絶叫)春田ふっざけんな！！！　っていうか、なんで部長なんだよ!!　話がちげえじゃねえかよ――ッ!!」
ちず「(笑い)」
牧「ちずさんも何か言ってくださいよ」
ちず「(絶叫)お前のことなんか忘れてやるからな!!　……この超絶、鈍感野郎――――!!」
牧「(絶叫)もう、二度と帰って来るな――!!」
ちず「(絶叫)向こうでくたばれ――――!!」
笑いあう牧とちず。

ちず「……牧くん」
牧「(見る)?」
ちず「最後に会って、ちゃんと伝えた方がいいよ、春田に」
牧「……」
ちず「今でも好きだって」
牧「(苦笑)……」
ちず「牧くんには、後悔してほしくない」
牧「……」

## 18 居酒屋『わんだほう』・店内(夜)

鉄平の周りに舞香、栗林、宮島らがいる。
鉄平「それでは聞いてください、バタフライベイビー」
舞香「よっ名曲!」
栗林「蝶子さ―――ん!!(泣)」

×　×　×

カウンターの端っこで、黒澤は眠っている。
少し離れたところで、春田と武川が話している。
武川「まだ牧の心の中には、お前がいる」
春田「いやいやいや……それはないです」
武川「いるんだよ、それが」
春田「でも、向こうからフッてきたんですよ?」
武川「お前の事を考えてな。そういうヤツなんだよ、あいつは」
春田「……」
×　×　×(春田の回想)
牧「(泣いている)俺は、春田さんのことなんか、好きじゃない」
×　×　×
春田「……そんな、今さら」
武川「まあ俺としては、部長と幸せになってくれたほうが好都合なんだが……正直、部長のことはどうなんだよ」
春田「……」
武川「好きなのか?」

春田「ん……好き、ううん……好き……ん……」
武川「(酒を飲む)……」
黒澤は、寝ていると思いきや、目が開いている。
黒澤「(聞いている)……」

## 19　春田の自宅・リビング(夜)

春田が一人で、ウェルカムボードを製作している。
春田「……」
×　×　×(春田の回想フラッシュ)
黒澤とバスで抱きしめあう(第一話)
×　×　×
春田が黒澤の頭を撫でる(第一話)
×　×　×
蝶子にカミングアウトする黒澤(第三話)
×　×　×

ブレーキランプを五回点灯させる。

黒澤「アイシテルだよ！」(第六話)

×　×　×

春田M「何、迷うことがある……？　今だかってこんなに、人に思われたこと、あるか？

……冷静になれ、春田」

立ち上がり、冷蔵庫に水を飲みに行く春田。

と、そこに春田のスマホにメッセージが届く音。

春田「？」

見ると、牧から『明日、話がしたいです。19時に、海港公園で待ってます』とある。

春田「……牧」

冷蔵庫を閉めると、弾みでひらりと色あせたメモが落ちてくる。拾い上げて見ると、『春田さん用　晩ごはんのカレー』と書いてある。

春田「……」

**20　天空不動産東京第二営業所・接客スペース（日替わり・日中）**

マンションオーナーの女性(60)と引き継ぎの話を終えた春田と栗林。
女性「じゃあ春田くん、新天地でも頑張ってね」
春田「はい！　ありがとうございました！」
栗林「したーっ！」
頭を下げる春田と栗林。
春田「これで引き継ぎはＯＫ……」
栗林「マジ人気者っすね、春田さん」
春田「そうか？」
栗林「だって、はるたはるたって、なかなか全員から下の名前で呼ばれる人、いないっすよ」
春田「え？」
栗林「軽くジェラってます」
春田「いや名字だから、春田は。えっ!?」
栗林「はっ!?」
春田「いやいや俺、なんとか春太じゃねえぞ!?　マジか！」
春田のネームプレートを見て、
栗林「うおおおっ!!　創一って、ええええっ!?」

そこに、舞香が電話を持ってやってきて、
舞香「春田くん、至急アバコートマンションに来てくれって」
春田が時計を見ると四時を過ぎた頃。
春田「分かりました」

## 21 路上(夕・時間経過)

仕事を終え、歩いている春田。

春田「(腕時計を見る)……六時半か」

春田、車道で手を挙げて、タクシーを待っている。

ふと振り返ると、お婆さんが胸を押さえて、うずくまっている。

春田「！　お、おばあちゃん？　おばあちゃんどうしたの!?」

春田、スマホを探すが、見当たらない。

春田「あれ、電話……(周りに)すいません、誰か、救急車！　すいません！　救急車お願いします！」

無視して通り過ぎる、通行人。

春田「大丈夫だよ、おばあちゃん。しっかりね！」

## 22 病院・待合室（夜）

処置中のランプがついている。
待合室のベンチで待っている春田。
ハッと時計を見ると、七時半をとっくに過ぎている。
春田「マジか……」
春田、行こうかと立つ。
すると、看護師がやってきて、
看護師「あ、ご家族の方ですか!?」
春田「いや、違います、僕は通りすがりで」
看護師「そうですか……息子さんと連絡がつかなくて」
春田「……あの、おばあちゃん、どうなんですか？」
看護師「（会釈して）……」
そして、去っていく看護師。

春田、その場から動けない。

## 23　天空不動産東京第二営業所・営業部・中（夜）

春田のデスクで、スマホが鳴っている。
そこに通り掛かる黒澤。
黒澤「春田のやつ、置いて行ったのか」
スマホを手に取ると、ディスプレイには『牧凌太』とある。
黒澤「……」
舞香「相変わらずうっかりさんよね、うふふ」
黒澤「牧はどこに行った？」
舞香「牧くんは午後から半休です」
黒澤「……そうか」

## 24　海港公園（夜）

待ち合わせ場所で待っている牧。
牧「……」
×　×　×(牧の回想)
ちず「最後に会って、ちゃんと伝えた方がいいよ、春田に」
牧「……」
ちず「今でも好きだって」
牧「(苦笑)……」
ちず「牧くんには、後悔してほしくない」
×　×　×
時計を見ると、九時をまわっている。
牧「(溜め息)……」

## 25　病院・待合室(夜)

息を切らせて走ってくる会社員風の男性(40)。
春田「！」

男性　「すみません、遅くなりました……！」
看護師「意識戻られましたよ。こちらです、どうぞ」
　男性は、春田に気づいて。
男性　「あ、あの、母を助けて頂いた方ですか!?」
春田　「いやそんな、俺は通り掛かっただけなんで」
男性　「後日改めて、御礼をさせてください、連絡先は――」
　と、名刺を出そうとする男性。
春田　「いいですいいです、それじゃ、後はよろしくお願いします！」
　と、春田は走り去る。

**26　路上（夜）**

　全力疾走する春田。
春田　「あああ、なんで俺はいっつもこうなんだよ……！」

**27　春田の自宅・リビング（夜）**

帰宅する黒澤。
黒澤、完成したウェルカムボードを見る。
黒澤「……」

## 28 海港公園(夜)

走ってきた春田。
春田「(息を切らせて)牧……」
辺りを見回すが、待ち合わせ場所に、牧はいない。
春田「……だよな」
ところが牧は、春田から少し離れた所を歩いている。
ついさっきまで、ここに居たのだ!
しかし、春田も牧も互いの存在に気づかない。
牧「(気づかない)……」
春田「(気づかない)……」
二人の距離はそのまま、離れていく。

## 29　春田の自宅・リビング（夜）

帰宅してきた春田。
春田「ただいまー……あれ、部長？」
春田、ウェルカムボードの隣に『はるたんへ』と手紙が置いてあるのに気づく。
春田「（開ける）……」
黒澤の声「Ｄｅａｒ．はるたん。もう、こうしてはるたんと呼ぶのは、今日が最後かもしれません。なぜなら明日から、気持ちの上では春田武蔵、すなわち、私もはるたんだからです。いや、名前のことはこの際、置いておきましょう」
春田「……」

## 30　同・同（数時間前・夜）

黒澤が手紙を書いている。
黒澤の声「はるたんには感謝しています。会社では上司と部下、家では恋人同士、色々大変なこともあったでしょう」

## 31　同・同（夜）

手紙を読んでいる春田。
春田「……そんなことないですよ」
黒澤の声「そんなことないって？　ありがとう。私はそんな、はるたんの真っ直ぐでバカで優しくて、嘘がなくてバカで可愛くて、よく食べてバカでカッコイイところが大好きです」
×　　×　　×（イメージ回想）
春田のドジな行動の数々。
×　　×　　×
春田「バカが多い……」

## 32　路上（夜）

夜風に当たっている黒澤。
黒澤の声「はるたんのおかげで、公私ともに、とても充実した一年になりました。はるたんが大好きです。ずっとずっと大好きです。そして最後に——」

×　×　×（イメージ回想）
黒澤の格好いい振る舞いの数々。
×　×　×
黒澤「（微笑み）……」

33　**春田の自宅・リビング（夜）**

手紙を読んでいる春田。
春田・黒澤「――君に会えて良かった」

34　**結婚式場・外観（日替わり・日中）**

チャペルの鐘が鳴り響いている。

35　**同・扉の前（日中）**

タキシードを着て、扉の前に立っている春田と黒澤。
春田「……ああ、緊張する」
黒澤「ギュッてしようか？」
春田「い、いや、いいです！」
黒澤「大丈夫、式は二人きりだから。リラックス、リラーックス」
春田「(息を整え)……はい」
スタッフが扉を開ける。
まばゆい光が差し込んでくる……。
参列席には誰もいない。
春田と黒澤が、ゆっくりとバージンロードを歩いていく。
×　×　×
日本人牧師の前に立つ春田と黒澤。
牧師「黒澤武蔵さん、春田創一さん、二人はお互いを生涯のパートナーとして、愛し、敬い、慰め合い、共に助け合い、その命ある限り真心を尽くすことを誓いますか？」
黒澤「(春田を見る)……」
春田「……誓いま(す)」

黒澤「誓いまぁああす!!」
牧師「それでは……誓いのキスをお願いします」
春田「……え?」
牧師「誓いのキスをお願いします」
春田と黒澤が見つめ合う。
黒澤「……」
春田「……」
×　×　×(春田の回想フラッシュ)
風呂場で、牧にキスされる春田。
公園で春田のおでこにキスをする牧。
リビングでキスされる春田。
そして、牧の笑顔、笑顔、笑顔……。
×　×　×
春田「(できない)……」
黒澤「はるたん」
春田「!」

黒澤「神様の前で、ウソはつけないよね」
春田「……部長」
黒澤「本気じゃないキスをされても、俺は嬉しくない」
春田「お、俺……俺……」
黒澤「……いいんだ。分かってた」
春田「……」
黒澤「……」
春田「……ごめんなさい……ごめんなさい……!!」
と、涙が止まらない春田。
黒澤「行きなさい」
春田「……え?」
黒澤「牧は今日から休みを取って、暫く旅に出ると言っていた」
春田「……旅?」
黒澤「夕方の便と言っていたから、まだ間に合う。行きなさい」
春田「い、いや、でも、これから……!!」
黒澤「安心しろ。もうとっくに、午後の披露宴はキャンセルしたよ」

春田「……えっ!?」
黒澤「何年お前の上司をやってると思ってるんだ、春田」
春田「……」
黒澤「(絶叫)行けぇえ、春田ぁああっ!!!」
春田「……はい!!」
深々と頭を下げる春田。
そして、バージンロードを走り抜けて出ていく。
黒澤「……」

**36　路上(日中)**

全力疾走する春田。
春田N「っていうか……え?　どこに向かって走ってんだ、俺」

**37　別の路上(日中)**

タクシーを捕まえようとする春田。
春田N「俺は……今さら牧と会って……何を言えばいいんだ？」

## 38　また別の路上(日中)

周りを見ながら、走っている。
春田N「っていうか、どこにいるんだよ、牧……!?」
宅配便のダンボールを載せた台車に突っ込む春田。
春田「す、すいません!!」
脱げた靴を持って、走り出す春田。
春田「牧！……牧！……牧！」

## 39　結婚式場・控えロビー(日中)

式場のロビーに集まっている、ちず、武川、舞香、栗林、蝶子、宮島ら。
そこに出てきた黒澤。

黒澤「……あーごめんなさいね、皆さん」
一同「!?」
黒澤「フラれちゃったーアハハハ！」
一同「……」
蝶子「……もう、バカ！」
と、蝶子泣きながら黒澤に抱きつく。
続いて栗林、武川、舞香、宮島らも泣きながら黒澤に飛びついていく。
それを見ているちず。
仲間の中心で笑っている黒澤。

## 40　景色の良き場所(日中)

走ってきた春田、立ち止まる。
道路の反対側で、スーツケースを持ってタクシーに乗ろうとしている牧が見える。
春田「(息を切らせて)牧ぃいいー!!!」
牧「(気づく)?」

春田「……」
牧「……」
春田「俺は……俺は……牧が好きだ────!!」
牧「……は？」
牧、タクシーに乗るのをやめて運転手に謝る。
タクシーが去る。
春田は走って道路の反対側に渡りきり、牧に近づこうとする。
春田「(息を切らせて)……お、俺──」
牧「(遮って)俺といたら、春田さんは幸せになれませんよ!!」
春田「……そんなこと、お前が勝手に決めんなよ!!」
牧「……」
春田「俺はお前と、一緒にいたい!!　だから……」
牧「……」
春田「俺と……結婚してください!!」
春田は牧に全力で駆け寄り、強く抱きしめる。
牧はまだ、両手をぶらさげたまま。

牧　「うわっもう、ちょっ……なんなんですか(腕が)痛い、いたたた……！」
春田　「……なんだよ、もっとテンション上げろよお！」
牧　「いや、もうマジ……汗とか(ついたし)」
と、目を背ける牧、春田がグッと戻して。
春田　「牧」
牧　「(涙こぼれて)もう、なんなんですか……」
やがて牧が、そっと春田を抱きしめ返す。
牧　「……ただいま」
春田　「……おかえり」

**41　天空不動産東京第二営業所・営業部・中(日替わり)**

春田N「それから一ヶ月後――俺は上海へ発つことになった」
社員の前で、最後の挨拶をしている、春田。
春田　「少しでも多くのことを、この営業所に持ち帰れるように精一杯頑張ってきます」
温かく拍手する社員たち、春田を囲む。

黒澤と牧だけが残る。
黒澤が牧の肩をポンと叩く。
黒澤「(微笑み)……」
牧「(軽く会釈)……」
黒澤、部長室へ向かおうとする。
そこに春田がやってきて、
春田「部長。長い間、お世話になりました」
黒澤「向こうでの活躍を期待してるぞ。しっかり頑張ってこい」
バンッと叩くと、資料を落とす春田。
春田「あ、すいません!」
黒澤「しょうがねえなあ」
資料を拾う黒澤。
特に手と手は触れあわず……、
春田「ありがとうございます」
黒澤「じゃあな」

## 42 同・屋上（日中）

黒澤と武川が遠くを見ながら話している。
武川「部長はもう……吹っ切れたんですか」
黒澤「ん……まだいい思い出になるには、時間が掛かるだろうな」
武川「（微笑み）長かったですからね」
黒澤「（頷き）ああ……でも不思議と思い出すのは、楽しいことしかない」
武川「……いい恋だったんですね」
黒澤「……ああ」
武川「部長にとって、最後から何番目の恋ですか」
黒澤「ん……五番目ぐらいだな」
武川「ええっ！　頑張りますねえ（笑）」
黒澤「ははは……」
笑い合う二人。見上げるとどこまでも広がる青い空。

## 43 バー・店内（夜）

栗林と蝶子が飲んでいる。
栗林「だからぁ、蝶子さんは自分のこと、ババアだと思いすぎなんですよ」
蝶子「思ってないわよ！　マロが子供だって言ってんの！」
栗林、ふいに手を握る。
蝶子「ちょっと何!?……（ハッと気づく）」
蝶子の手の中には、アクセサリーが。
蝶子「何これ……」
栗林「誕プレっす。お誕生日、おめでとうございます」
蝶子「……あ、ありがとう」
栗林「もう、タメ口でいい？　蝶子」
蝶子「ちょっ、なんでよ!!『蝶子さん』！」

## 44　駅前のシャッター前（夜）

ギターを弾きながら歌っている鉄平。
鉄平「♪高架下で寒さをしのぐ猫が、俺に教えてくれたんだ愛の意味を～」

鉄平の前で一人、膝を抱えて頷きながら聴き入っている舞香。
舞香「(心酔)……」
鉄平の演奏が終わる。
舞香がギターケースに2万円を入れようとする。
鉄平「いやいや、2万は多いだろ!」
舞香「(ニヤッと笑い)……」
鉄平「(苦笑)いいから戻して!」
近くを通りかかるスーツ姿のちずと、イケメン外国人男性。
男性「(英語で)あの男、すごくファンキーだね」
と、鉄平に近づいて行こうとする。
ちず「いや、あれはいいから、GO GO GO!」
と、男性の腕を取って、遠ざけるちず。
男性「(英語で)今日は何食べたい？　お風呂も掃除して沸かしてあるよ」
ちず「ダーリン、マジ最高!」
と、腕を組み歩いていく二人。
春田N「こうして、それぞれの新しい恋が始まっていった」

## 45　春田の自宅・リビング（日替わり・日中）

テーブルの上にパスポートや、酔い止めの薬などを用意している牧。
その傍らで、パンパンになったスーツケースの上に乗って無理やり閉めようとしている春田。
牧「パスポート置いときますね、あとは薬とかはケースにまとめて入れとくんで……聞いてます？」
春田が尻で勢いよく蓋を踏もうとして滑り、バイーン！と開いて中身が飛び出す。
春田「ったくなんだよ、これ!!　全然入んねえじゃん!!」
牧「いやいや、雑な入れ方するからですよ」
春田「じゃあ入れてみろよ、絶対入らねえから！」
牧「いやマジ、頭使って」
春田「頭使えとかお前、それ誰に向かって言ってんだよ！」
牧「もうイライラしない、一個ずつ、端っこから入れていく！」
春田「やんね。もう、俺、やんね！」
牧「おい、クソガキ!!」

と、服の入った袋を投げ付ける牧。
春田「なにすんだよお前!!」
もみあっているうちに、牧、春田を押し倒して、馬乗り状態になり。
春田「……」
牧「……」
春田「……な、なんだよ」
牧「俺……もう我慢しないって決めたんで」
春田「はぁ?」
牧、そのままキスをする。
春田「!」
思わず、引き離す春田。
春田「ちょ! ちょ、おま、止めろって……!」
牧「(溜め息)……」
春田「……な、わけねえだろ」
と春田は反転して、牧に覆い被さり、キスする寸前でブラックアウト。

おわりだお

# 脚本家による『おっさんずラブ』各話コメンタリー だお♥

## 【#1　OPEN THE DOOR!】

最初の合コンシーン。幹事を任されたマロが、男Aに「知り合いを一人連れて来て」と頼んだら牧がやってきた、というのが裏設定。脚本では「春田のキメ顔」となっているスマホの待受、あの何か食べてる春田の写真が絶妙ですよね。春田のキャラクターを象徴する「やってみ〜」は、脚本では単に「やってみ」でした。田中圭さんの素晴らしい命の吹き込み方！　マロがマンションの住人に怒られている場面、この主婦役の二坂知絵子さんは新海誠監督の奥様。第三話の「君の名は。」をどう思われたでしょうか（笑）。部長の絶叫告白のシーン。脚本にはモノローグがありますが、表情ですべてが物語られており、カットして正解だと思いました。（徳尾）

## 【#2　けんかをやめて】

小説家とマラソン選手が部屋探しをするというトリッキーな回ですが、スポーツ選手がどういう家を希望するかは、プロデューサーがリサーチしてくれました。鉄平の新作メニューは脚本にあるように、自分なりにヤバそうな組み合わせを考えましたが、実際映像で見ると案外いけるかも……と思いました（笑）。春田と牧の切ない台所シーンと、その後の顔認証のシーンのギャップが好きです。お気づきの通り、「アッキーです」「マイマイです」は現場で考えられたもの。脚本上には存在しない呼び方ですが、気に入っています。喧嘩のシーンは何度も見てしまいます。アドリブ合戦ですよね。おでこキスのあとは、牧は春田の自宅に戻ったというつもりです。映像では別れにも見えるけど、脚本上は許しに近いと思います。（徳尾）

## 【#3 君の名は。】

蝶子さんが夫の不倫を疑い、春田と組んで黒澤を〝尾行〟するコメディらしい回。居酒屋「わんだほう」で、武川さんが初めて春田と牧がルームシェアしていることを知る場面、脚本では「……楽しそうだな」となっていますが実際は「楽しそうだなぁ！」と明るめなお芝居に。この明るさが逆に怖いですよね。脚本の蝶子さんはＩＣレコーダーを持ち出しドライに調査している印象ですが、放送ではその描写はありません。それが逆に、蝶子さんの愛らしさを際立たせ、コメディのバランスも保たれたのだと思います。意味合いをスッキリさせるためにカットする場合と、時間の都合でカットする場合がありますが、第三話は結構オーバーしていたのかもしれません。「いや、マジ、デリカシー」『たん』って何！」「サラダバー、取ってきます」など、個人的にも好きな台詞が多い回です。（徳尾）

## 【#4 第三の男】

リハーサルの時に、金子君が「働き方〝革命〟って知ってます?」と天然で言い間違えたことがそのまま本番で採用されています。視聴者の方の中には、俳優さんのアドリブが好きな人も多いと思いますが、実際はドライ(※)をやって本番もカメラの角度を変えて何度も同じ演技をするため、思いつきで突発的にアドリブをやることはほとんどありません。アドリブに見えているもののほとんどは、俳優と演出家による「プラン」ですね。鉄平の歌が炸裂する回ですが、脚本の歌詞に児嶋さんがメロディをつけてくださっています。児嶋さんが長渕剛ファンということで、どれも楽しいシーンにしていただきました。「真堺《まさかい》コーポレーション」という名前は演出部さん作です。世の中にあってはいけないので、こういうネーミングは現場にお任せする場合がほとんど。イカサマて!(徳尾)

※ドライ……「ドライ・リハーサル」の略。ドラマ撮影において、カメラを回さずに行うリハーサルのこと。キャスト・スタッフが一連の流れを確認する。

## 【#5 Can you 〝Coming Out〟?】

春田と牧が付き合うことになり、春田が徐々に牧への気持ちに気づいていく回。芸能人カップルが同じマンションに引っ越すという、これもトリッキーな話ですが、どんな家探しをするのかは自分でもいろいろと調べました。芸能人の知り合いからは「まあ実際、朝ドラ女優が一人で内見に来る事はないですけどね」という指摘も受けたりして（笑）。武川のサラダマウンティング、牧との過去、デート、盛りだくさんの回ですが、春田とちずの海のシーンは何度も見てしまいます。春田の「俺は……まあ……うん」で笑顔を見せるところ。さすがの田中圭。〝ちずも顔を拭う。それは水しぶきなのか、涙なのか〟のト書きは、演じる者にとっては難しくていじわるなので、内田理央さんからは「徳尾さん、嫌いになりかけました～（笑）」と言われました。（徳尾）

## 【#6 息子さんを僕にください！】

牧の看病回。実際は、どう転んでもおかゆからお餅にはならないと思うのですが、そこは可愛さ重視で。実際は牧も食べていましたね。武川が牧のところへ押しかけて「（ちょっと満足げ）あるじゃないか、熱」というシーンなど、台詞中に書いている〝カッコト書き〟と言われる部分を俳優さんがどう解釈して演技しているか、というところにも注目して見ると面白いです。黒澤の「シミュレーションだよぉ」というところで素笑いのような表情を見せる春田が絶品。お芝居ってこんなに面白いんだなあと思ってもらえるドラマだと思います。最後の別れのシーン、出だしの牧の小言は、これから春田が一人で生活していくために、気をつけてほしいこと。春田の涙には僕も見て驚かされ、心を動かされました。（徳尾）

## 【#7 HAPPY HAPPY WEDDING!?】

プロデューサーと、フラッシュモブでプロポーズされたら断れないよね、黒澤が仕掛けたら春田はどんなリアクションをするだろうか、と話しながら作り始めました。第七話はそれぞれ大切な人のことを想い、行動に移していく回。式場での二人の演技には本当に心を打たれました。脚本をなぞるだけでは決して生まれない説得力。その後、「ただいま」「おかえり」の前には脚本上いくつか台詞がありますが、実際はただ二人の時間が素敵に流れていて、瑠東監督をはじめとするスタッフと俳優の思いを改めて感じました。ラストシーンは、アドリブでは？とか、何か他に言ってるんじゃないか？とネットで議論になっているのを見かけましたが、一応、脚本ではこういうことになっています。あとはご想像にお任せします！（徳尾）

# あとがき

徳尾浩司

この度は本書を手にとっていただき、ありがとうございます。脚本（シナリオ）という形式になじみがない方にとっては、なかなか読みにくかったのではないでしょうか。脚本は、スタッフやキャストが映像を組み上げるために作られた設計図のようなもので、小説や漫画のように、読むだけで楽しめるようには作られていません。でも、これを手に取っていただいた皆さんには、なるほど、この脚本をもとに役者さんが演技をするんだなあとか、こんなふうに監督が演出のアイデアを考えるんだなあとか、色々と想像を膨らませて楽しんでいただけたらと思っています。

僕が小さい頃、友達はアニメの『キャプテン翼』を見ながら、手もとでその回の単行本と見比べていました。へえ、そういう楽しみ方があるんだ！と知りました。また、プロ野球を観に球場へ足を運ぶと、目の前で試合が行われているのに、さらにイヤホンでラジオの実況中継を聴いているおじさんをよく見かけました。目でプレーを見て、耳で解説を楽しんでいるのです。そんな感じで、この脚本を片手にドラマを見返してみると、新たな発見や違った楽しみ方が生まれるのではないかと思っています。何故ここはカットになったのだろう？とか、この役者さんはセリフに忠実だけど、この役者さんは自分の言葉に置き換えてるなあとか。あ、ここからはアドリブ（演出）なんだな、とかです。

今作は２０１６年の単発版の続きではなく、春田がパラレルワールドで長谷川（２０１６年版のキャラクター）のいない別の世界に生きていたら……というところから発想をスタートさせました。原作なしのオリジナル作品ということもあり、設定作りにはさまざまな試行錯誤がありました。春田はどんな仕事をしているか、連ドラ版には新たにどんな役柄が必要か。第一話から第三話ぐらいまでをザッと作っていた頃に、プロデューサーから「やっぱり武蔵の奥さんを作りましょう。その夫婦にまつわる物語が見たい」と提案を受けて、一緒にキャラクターを練り上げ、話に盛り込んでいきました。大塚寧々さん演じる蝶子の、あの可愛らしく、強く、そして時に弱音も吐くというキャラクターが、連ドラ版の大きな柱になったと思っています。

今回の脚本が作られていった過程を少し書きたいと思います。まずはプロデューサーと打ち合わせをして、この回はこういう話にしよう、こういう場面が見たいよね、キャラクターにこんなことを言わせたい、などとアイデアを出し合い、あらすじを立てていきます。僕がプロット（あらすじ）をだいたいA4用紙5、6枚くらいにまとめたら、また打ち合わせをします。プロットがOKになったら、家にこもって5、6日くらい時間をもらって脚本（第一稿）を書きます。1話につき、だいたいA4用紙30枚くらいの分量です。出来上がったらまたテレビ局に行って、プロデューサーと原稿をもとに話をします。この展開はもう少し早めに持ってきてほしいとか、ここの主人公の気持ちの流れが分からないので明確にしてほしい、ここはカットしよう、などです。細かく修正点がまとまったら、また家にこもって3、4日時間をもらい、脚本（第二稿）を書きます。

これを3、4回繰り返し、準備稿という名の冊子が作られると、スタッフやキャストに配布されます。この準備稿をもとに、美術（セット）を用意したり、ロケ場所を探したり、衣裳を用意したり、小道具を用意したり、撮影スケジュールを組んだり、スタッフが一斉に準備に入ります。例えば、第五話で武川が春田に土下座をして「牧から手を引いてください！」と懇願するシーンは、準備稿の段階では鰻屋が舞台でした。鰻を奢る先輩の雰囲気を持ちつつ、畳の部屋で土下座する武川の姿を想像したからです。でも、ロケ場所として鰻屋がちょっと難しいということになり、屋上に変更になったのです。ただ変更しただけではつまらないので、じゃあ春田は牧が作ったお弁当を食べていることにして、武川の「俺の時は（サラダが）あったけどな」とマウンティングする台詞を追加しようということになりました。結果的にはこっちのほうが良かったと思っています。

他、さまざまな方面からの意見をプロデューサーが集約して決定稿作りに反映させていきます。監督は準備稿の手前ぐらいから打ち合わせに参加して、このシーンはもっと感情的に衝突するやり取りにしてほしいとか、笑えるシーンになると思うので強調してほしいとか、シーンのつなぎをこういうふうにしてほしいとか、演出を中心とした意見を言います。それらを取り入れてようやく一話分の決定稿が出来上がります。今回のシナリオブックに収録されているのは、この決定稿になります。

チーフ監督の瑠東さんとはもう過去に何度もご一緒させてもらっているので、お互いの手の内が分かっているというか、特に笑いの部分には信頼があって、できるだけ生っぽいやり取りをしてもらえるように、重要なこと以外は書かずに渡そうと決めていました。僕は舞台の演出家でもあるので、お芝居至上主義です（ストーリーよりもお芝居のほうが大事！）。だから、脚本が現場で変わることについてはほとんど抵抗がないのですが、それは上手い演者と信頼できる演出家に限った話で、よく脚本家先生が現場での改変に怒っているのは、下手な方向に変わっているからだと思います。そういった意味で言えば、今回は田中圭さんや瑠東さんをはじめ、才能のある人たちに脚本という設計図の上で自由に遊んでもらい、とても生き生きしたドラマを作っていただいたというのが正直な思いです。「いい脚本だったね」と言われるより、キャストのお芝居一つ一つが、見ている人の心を揺さぶれたかどうかが、ドラマにとっては大事だからです。

原作なしのオリジナル脚本で、全話を一人で担当したのは今回が初めてです。脚本という仕事は、①物語を作る　②撮影台本を作る　の二つが組み合わさっていて、プロの脚本家は皆さん原作者としての力も備わっているのですが、世の映像作品に原作ものが多いのは、ひとえにプロデューサーが社内で企画を通しやすい（キャストも集めやすい）という理由だと思います。でも、本来はドラマのために物語を作って、その物語のためにキャストを集めて、そのキャストに合った脚本や演出を考えるほうが、作品のクオリティは上がるはずです。今回のようにゼロからオリジナル企画を立ち上げ、キャストやスタッフを巻き込み、楽しいドラマを作り上げてくれたプロデューサー陣にはとても感謝しています。またいつか、このようなシナリオ集を出版していただけるようなドラマを作れるように、一歩ずつ精進していこうと思います。また続編などでお会いできますように。ありがとうございました。

**徳尾浩司**（とくお・こうじ）
脚本家・演出家。主な作品に、TBS系「きみが心に棲みついた」、テレビ朝日「あいの結婚相談所」、NHK総合・BSプレミアム「スリル！〜赤の章・黒の章〜」、テレビ東京系「徳山大五郎を誰が殺したか？」、NHK BSプレミアム「ハードナッツ！」など。2016年12月にテレビ朝日系で「年の瀬 変愛ドラマ第3夜」として単発放送された「おっさんずラブ2016」から本作の脚本を手掛ける。

**おっさんずラブ シナリオブック**
2018年10月5日 初版発行

著者
**徳尾浩司**

装丁・本文デザイン
宮下裕一［imagecabinet］

DTP
三協美術

編集
設楽菜月

編集協力
鷗来堂

協力
テレビ朝日

発行人　原田 修
編集人　串田 誠
発行所　株式会社一迅社
〒160-0022
東京都新宿区新宿2-5-10　成信ビル8F
03-5312-6132（編集部）
03-5312-6150（販売部）
発売元：株式会社講談社（講談社・一迅社）

印刷・製本　大日本印刷株式会社



Printed in JAPAN
ISBN 978-4-7580-1622-3